目次

ごりょうの森

首塚

東京の大手町《おおてまち》、高層ビルの隙間のその場所に久々に足を踏み入れると、整備されずいぶんと綺麗《きれい》になっていた。

七年前まで働いていた新聞社のすぐそばに、そういうものがあるのは知っていたけれど、興味が薄く、同僚に連れられて初めて行ったのは、退職する少し前だ。

将門塚《まさかどづか》、将門の首塚と呼ばれるその場所は、平安時代の関東の豪族で、「新皇《しんのう》」と名乗り朝敵となって討伐された平将門《たいらのまさかど》の首を祀《まつ》る塚だ。

将門の首は京都の七条河原《しちじょうがわら》にて晒《さら》されていたが、数ヶ月経《た》っても目を開いたり閉じたりを繰り返し、叫び声をあげもした。そしてついに、首は東国に向かって飛び立ち、降り立った場所のひとつが、ここだと伝えられている。

将門の怨念《おんねん》を鎮めるために祀られているが、近世でも、この塚を再開発のために動かそうとすると事故が起こったという都市伝説もある、いわくつきの場所ではあった。

けれど裕士《ゆうじ》は、もともと霊感があるわけでもないし、将門の怨念と言われても、よくある伝承話のひとつだと思っている。

夕方の五時を過ぎたとはいえ、空はまだ明るいし、全くおどろおどろしい雰囲気はなく、怨念とか怨霊を期待して訪れる者たちは間違いなくがっかりするだろう。

首塚の前には、青いワンピースの上にカーディガンをひっかけ、日傘をさしている女の後ろ姿があった。カーディガンには、青い花の刺繍《ししゅう》がほどこしてある。まだ夏の盛りの時期、平日の夕方にこんな場所にいるのは、自分とその女だけだ。

裕士が声をかけようとすると、その女が振り向いた。

肩の上にそろえた髪の毛はまっすぐで、額《ひたい》には汗がにじんでいる。確か四十歳になるはずだが、もう少し若く見えた。化粧が薄く、切れ長の目と小さな唇で地味な顔立ちなのに拍子抜けした。

一度だけ写真を見せてもらったことはあるが、そのときはもっと華やかに見えた。

かつてこの女の夫だった男が、

「一回り以上離れてるし、ふたりでいると、愛人囲ってるみたいに見えるのが恥ずかしいんだ」

と、照れ臭そうに言っていたのを思い出す。

その男は、もう今はこの世にいない。裕士にとっては、入社以来、ずいぶんと面倒を見てくれて、仕事上でも尊敬できる先輩だったのに。

「横里響子《よこざときょうこ》さんですか」

裕士がそう口にすると、女は「はい」と答え、頭を下げた。

想像していたより、低い声だった。

*

森《もり》裕士は四十六歳になる。七年前に勤めていた大手町の新聞社を退職し、フリーの記者となった。前年に離婚して、子どももおらず身軽な立場なのも後押しして、独立を決めたのだ。

その少し前に、新聞社の先輩である横里龍一《りゅういち》が、退職して議員秘書となり、次期衆議院議員選挙に出馬をするつもりだと聞いていたのも、独立を後押しした。

「傍観者ではなく、当事者にならないといけないんだよ」

そう熱く語る龍一を見て、自分は別の形ではあるが、後悔のない人生を送るためにしがらみのないフリーの記者になろうと決めたのだ。

龍一が議員秘書になった一年後に再婚したのは聞いていた。前の妻は若くして病で亡くなっており、それからは独り身だった。再婚相手の女は京都、祇園《ぎおん》のクラブのホステスだったとだけ耳にした。年の離れた妻を、龍一がずいぶんと溺愛しているとの噂《うわさ》も聞いていた。

その「妻」とこうして会うのは、初めてだった。

「わざわざ京都から来てくださって、ありがとうございます」

本来は裕士のほうから京都に行くつもりだったのだが、響子が上京すると言ったのだ。その際、待ち合わせにこの首塚を指定したのも、響子だった。

「京都は暑いから……東京のほうがええんです。それに、ここは一度、来るつもりやったから」

響子はそう口にした。

いつまでもこんなところで立ち話するわけにもいかないと、裕士はタクシーをとめて響子と乗り込み、行先を告げる。新宿のフレンチの店を予約していた。タクシーに響子が乗り込む瞬間、ふわりと柑橘《かんきつ》系の香りが鼻腔《びこう》をくすぐった。香水だろうか。

想像していたよりも、普通の女だった。

ホステスと龍一が結婚したと聞いたときは、ずいぶんと先輩は俗物だったんだなと失望した。龍一は居酒屋で気楽に飲むのが好きな男で、クラブなどには出入りする人ではなかったから、どうして祇園のクラブの女と結びついたのかも謎だった。賑《にぎ》やかな繁華街でタクシーを降りて、ビルの三階にあるフレンチの店に入る。そう大きな店ではないが、個室があるので、取材などにもよく使っていた。

個室に入ると、響子はカーディガンを脱ぎ、二の腕が剝《む》き出しになった。白くて柔らかそうな腕が生々《なまなま》しくて、裕士は目を逸《そ》らす。

「嫌いなものはありますか」

「特にないです」

「じゃあ、コースを頼みます。お酒は、遠慮なく注文してください」

「じゃあ……白ワイン、グラスで。人と飲むのも久しぶりやから、遠慮なく飲みますよ」

と、響子はそのとき初めて笑顔を見せて、ワインのリストを開いた。

＊

横里龍一は、選挙に出ることなく五年前に亡くなった。秘書をしていた政治家の献金問題が週刊誌に載り、不正を秘匿《ひとく》するために書類の書き換えを行ったのは龍一であると報道された。

政治家が、すべて秘書に押し付けたのだという人も多かったし、実際にそうなのだろう。

そして龍一は、東京の自宅で首を吊《つ》った。発見したのは、妻の響子だった。政治家は一度辞任したものの、次の選挙には何事もなかったかのように復活し、当選した。龍一の死により、すべてがうやむやになった。

響子はその後、実家のある京都に戻ったとは聞いていた。裕士からすれば、そもそもあの龍一が不正に関与することも、自ら命を絶つことも信じられなかった。ただ真面目《まじめ》で正義感が強い男ではあったから、おそらく表で報道されていることの他にも、よっぽどのことがあったのだろうとは思っていた。そう考えないと、納得ができなかった。

裕士は龍一がどうして死にいたったのか、その裏には何があるのかを、いつか記事にするつもりだった。フリーの記者として、週刊誌とも契約して、それなりに忙しい日々を送っていたが、龍一のことを忘れたことはなかった。

何より、響子に話を聞きたかったのだが、龍一のそばにいた人間は何故か誰ひとり、響子の連絡先を知らなかった。龍一の老いた両親さえも、「会ったこともない」と言っていたのには驚いた。東京から跡形もなく姿を消した女に、ますます興味が湧いた。

諦めかけていたが、今年に入ってから、京都の作家を取材した際に、偶然にもその姪《めい》が響子の同級生で、実家の住所を聞くことができた。そこに手紙を出したが、すぐには返事はなかった。鳩居堂《きゅうきょどう》の葉書に書かれた返信が龍一のもとに届いたのは、最初に手紙を出して半年後だ。電話番号が記してあり、こうして会うことになったのだ。

「龍一さんから、裕士さんの話はよく聞きました」

二杯目のワインを傾けながら、響子はそう口にした。酒のせいか、だいぶ表情が和《やわ》らいでいた。

「仕事はできるし、いいやつだけど、男としてはつまんないから、女に逃げられたんだって」

裕士は苦笑するしかなかった。確かに妻との離婚原因は、妻が外に恋人を作ったことだった。それを知ったとき、怒りより諦めが先にきて、あっさりと離婚届に判を押した。

もともと、結婚当初から裕士のほうに原因があり、子どもができないとわかったときから、どこか気持ちに距離ができていたので、ホッとしたのかもしれない。

そのあと、恋人のような女がいなかったこともないが、彼女も他に男ができたと連絡を絶たれた。自分は女に対しては、受け身なのだ。そして女のほうからしたら、それがもどかしいらしい。

京都は裕士が二十を過ぎてから、三年住んだ町だった。大阪本社に単身赴任になったときに、大阪のごちゃごちゃした雰囲気が苦手なのと、こんな機会はないからと京都に部屋を借りて、のんびりと暮らしていたが、そのあいだに東京にいた妻の浮気がはじまったと、後で知った。

京都で自分が住んでいた場所の近くに響子もかつて暮らしていたことがあると知り、行きつけの店なども同じで、初めて会ったばかりなのに話が尽きない。

けれど、肝心なことを俺は聞いていないではないかと、これ以上酔わないように酒ではなくミネラルウォーターを流し込む。響子はずいぶんと酒が強いようだった。

そして今、すっかり響子のペースになり、あれこれ話をしているのは知らず知らずの間に呑《の》まれていたのだと気づいた。そうは見えないけれど、ホステスを長くやってきた女で、聞き上手なのだ。

場所を変えて本題に入ろう。しかし、どういう流れで聞きだせばいいのかと考えながら、裕士は同じビルにあるバーに響子を誘った。

＊

恥ずかしい……そう口にしながら、響子はさきほどから裕士のペニスを離さない。ずっと咥《くわ》えこみ、ときに緩急をつけながら上下に唇を動かしている。左手を根元に添え、右手で睾丸《こうがん》を包みこむ。ずいぶんと慣れているのは、細やかな舌先の動きでもわかった。

女の中には、男が悦《よろこ》ぶから仕方なくといったふうにこれをする者もいるが、響子は違った。本当に、好きなのだ。

「久しぶりやから……つい」

一度、唇を離して、恥ずかしそうな表情で、響子はそう言った。

「どれぐらい、久しぶりなんだ」

「……龍一さんが亡くなってから、誰にもふれられてへん」

嘘《うそ》だろうと、裕士は思ったが、口にはしなかった。

裕士のほうこそ、久しぶりだった。最後に女と性的な交わりを持ったのは、三ヶ月前に地方取材の際に、ふと思い立って地元の風俗に行ったときだ。自分より年上ではないかという腹の出た女に、口と手で射精をさせられ、すっきりした気分にはなれなかった。

響子の舌先が、ペニスの先端の割れ目を刺激してくる。むずがゆいような感覚がこみあげ、ぐっと力を入れる。口の中で出してしまうのは、みっともない気がしていたので、ずっと耐えていた。昨日、自分で出してしまえばよかった。けれどまさか、こんなことになるとは思わなかったのだ。

ふたりでバーで飲み、裕士が「横里先輩が亡くなったのは、報道されているだけではない、いろんな事情があるんでしょうね」と、響子に言うと、

「もちろん、私しか知らんことかて、あります。龍一さんには、申し訳ないことをしたんや」

と、口にした。

酔うとこの女は、柔らかい京の言葉になるのだと思った。

「申し訳ないことって、なんですか。話してくれませんか」

「記者さんは、記事にしちゃうやろ。話せるわけないやん」

その顔は笑っていた。

響子の口を滑らかにするためにと、酒をすすめたら、

「親密な人にしか、京都の女は本音は話せへんねん」と潤んだ瞳で見つめられた。その目は、明らかに男を誘う目で、響子の手は裕士の膝の上に置かれていた。

裕士とて、先輩の妻、未亡人であることに抵抗はもちろんあったが、話を聞きだせるのではないかと響子の手を握り返した。いや、正直、それ以上に、響子に欲情していた。最初は地味な女だと思っていたのだが、話をするとときどき艶《なま》めかしく、愛らしさも見せる。

そして新宿のラブホテルに入り、部屋に入った瞬間、唇を合わせた。服を脱ぐ間もなく、抱き合って、もう一度唇を合わせ舌を絡ませると、止められなかった。

響子はしゃがみこんで、裕士の下着をずらし、自らペニスを咥えこみはじめた。舌先でつんつんと鈴口をつつき、軽い刺激を与えたあとは、奥までごくりと呑み込む。

舌を肉の棒に添えて唾液を溢《あふ》れさせながら、上下に動かす。ときどき舌で肉の棒を舐《な》めまわし、味わっていた。

「美味《おい》しい……」

自分から、そんなことを口にする女は、はじめてだった。

「男の人のこれ、好き」

響子はそう言って、ペニスを手で持ち上げるようにして、その下の睾丸を口に含む。ふいをつかれて、裕士は「うぅ」っと声を漏《も》らした。むずがゆい感触だったが、気持ちがいい。響子は睾丸を口で弄《もてあそ》んだあと、再び肉の棒をずぶりと呑み込んで、激しく動かした。

「ごめん……これ以上されたら、出ちゃうから」

裕士がそう口にすると、響子は唇を離し、とろんと溶けたようなまなざしで、

「まだ出したら、あかん」と甘えた声を出した。

裕士は響子のワンピースを脱がせ、自らもシャツを脱ぐ。

響子が、「恥ずかしいから、電気暗くして」と言うので、ベッドサイドの照明のつまみをまわし、真っ暗にはならない程度に照明を落とす。

響子は裕士に背を向けて、ブラジャーとショーツを脱いで、自分の身体《からだ》を抱えるように両手で乳房を隠して、ベッドに横たわった。

裕士は響子に覆いかぶさり、首筋に顔を埋める。「ぁあっ」と、小さく響子が声を漏らした。

ふと、龍一の顔が頭に浮かんでしまった。

先輩は、この女をどんなふうに抱いたのだろうか。

龍一が政治家の秘書になったとき、ずいぶんと野心家なんだなと話す人たちもいたが、裕士からすると、龍一はひたむきに世の中を良くしようと考えて政治家の道を志したのだと納得できた。それぐらい、正義感が強く、優しい男だった。同じ社会部だった頃、事故で子どもが亡くなった記事を書きながら、人目もはばからずデスクで泣いていたのが印象的だった。

早くに亡くなった妻の写真をいつも手帳に挟んでいて、「俺が他に家庭を持ったら、寂しがるから」と、再婚する気がないと話をしていた。だからこそ、響子と結婚したときは、よっぽど惚《ほ》れ込んだのだと思ったものだ。

けれど、響子を残して、彼は自ら命を絶った。そこには何があったのか。

裕士は響子の身体に唇を這《は》わす。薄暗い部屋の中で見ても、色の白い女だというのはわかった。ほどよく肉がついて、柔らかい。潤った肌は、男を悦ばすだろう。形のいい乳房は、年齢相応に弾力を失ってはいたし、先端はそれなりに色も濃かったけれど、それがまたいやらしかった。

処理をしていないであろう下腹部の繁《しげ》みに、裕士は辿《たど》りつく。響子の脚をぐいっと広げて、顔を埋めた。

「あかん――」

東京で、京都の女を抱くのは、初めてだった。関西に単身赴任をしていたときは、京都の言葉を話す女が色っぽく見えて、地元の飲み屋のママと関係を持ったこともある。東男《あずまおとこ》に京女《きょうおんな》というが、龍一も響子が京都の女であることに惹《ひ》かれたのだろうか。

響子の秘められた場所は、もうじゅうぶんに潤っていた。むわぁんと酸味が混じった匂いが鼻腔を支配し、指がふれると粘液が絡みついてくる。

色素は薄く形も小ぶりで綺麗なものだ。肉襞の先端にある粒は、大きめで、もうすっかり剝き出しになっていた。

「クリトリスが、顔を出してる」

裕士がそう言うと、響子は腰をねじり、「恥ずかしい……」と口にした。

「ここ、人より大きいんじゃないか」

「そうみたいや……いろんな人に言われるから、恥ずかしいんよ」

どれぐらいの男と寝てきたのだと問いたい衝動を、裕士は抑える代わりに、「さっきのお返し」と言って、クリトリスを口に含んだ。

「ぁあっ!!」

響子は両脚を浮かせ、声を出す。

「あかん――それ、あかん――」

やはり大きいぶん、感じ方も強いのだろうか。

自分は、そう女を知っているほうではないけれど、セックスが好きな女だというのは、よくわかった。

「――私も、舐めたいから、一緒に」

泣きそうな声で、響子がそう言った。裕士の答えを待つ前に、響子は身体を起こし、裕士を仰向《あおむ》けにして、その上に互い違いの形になって乗ってきた。

裕士の目の前に、響子の繁みが迫ってくるのと同時に、ぱくりと再び肉の棒が呑まれた。じゅぼじゅぼと唾液が溢れた音がして、さきほどより少し強めの刺激でペニスが硬さを増した感触がある。女にだけさせてはならないと、裕士は首を起こし、舌先を響子の肉の裂け目に突き刺し、縦の筋に沿うように上下に動かした。

下から上へとはじくように舌を上下させ、ときどき粘液が溢れ出ている裂け目にも、ずぶりと舌を差し入れ、動かす。

またその舌を抜いて、もうすっかり表皮から剝き出しになって顔を出している陰核を再び口に含んで吸った。

「ぁあっ！　あかんて――」

響子が裕士のペニスから口を離し、あられもない声をあげる。じっとしていられないのか、脚を動かすので、裕士は両腕で響子の肉付きのいい太ももを抱えるようにして力を入れる。

響子は息を荒くしてしばらく喚《わめ》いていたが、裕士がクリトリスから口を離すと、再び肉の棒を咥えこみ、動かすのを再開させた。

お互いの股間をすすりこむ音が、部屋に響く。

セックスの中でも、これは一番恥ずかしい形ではないだろうかと、いつも思う。お互いの排泄《はいせつ》の場所を口にしあうなんて、正気の沙汰ではない。実際に、別れた妻は、この形を許さなかった。耐えられないとも、言っていた。妻はフェラチオだって、あまり好きではなかった。だから性欲の薄い女だと思い込んでいたのに、他に男をつくって離婚を切り出されたのには驚いた。

裕士の顔に、響子から溢れた粘液が垂れる。頬《ほお》を伝わり、シーツも汚れてしまっているだろう。

響子の尻を抱え込み抱き寄せるように近づけると、目の前にはひくひくと動く、皺《しわ》に縁どられた小さな穴があった。思わず裕士は、その排泄の穴にも舌をのばし、先でつつく。

「いやっ……恥ずかしい」

響子が声を出したが、さきほどより甘えのこもった声で、悦んでいるのはわかった。

裕士は舌を押しつけるように、女の菊の紋を味わう。

「あかん――」

裕士は経験したことがないけれど、この穴を使って楽しむやり方があるのは、もちろん知っている。

それにしても、今日、初めて会ったばかりの女と、こうしてお互いの股間をすりあうのは初めてだった。響子はまさに「貪《むさぼ》る」としか表現のしようがないふうに、ペニスを咥えている。

――カミさんを大事にしろよ――

龍一とふたりで大阪取材をしたあと飲んでいて、そんなことを言われたのを思い出した

――逝《い》かれてからは、後悔しかないんだから――

亡くなった妻を思い出したのか、日本酒を傾けながら龍一は、そう口にしたが、大事にするという感覚が、若かったせいもあり、裕士にはよくわからなかった。そして、案の定というか、大事にしなかったから、妻は他の男のもとに行った。

龍一は、そのあとで再婚したこの妻を、大事にしていたのだろうか。けれどそれならばなおさら、なぜ彼女を残してこの世から去ったのか。

そして、かつて夫の部下だった自分を、自ら誘ってセックスして、こうして尻の穴まで曝《さら》け出している女は、何を考えているのか――。

ふと、裕士は首筋に冷たいものがあてられたような感触を覚えた。一瞬だけだったが、鳥肌が立った。

龍一のことを考えていたせいか――誰かに見られている感覚があったのだ。

「……もう、我慢できひん……」

顔をあげて、響子がそう口にした。

「挿《い》れて欲しいのか」

「うん――」

「どんな形が好きなんだ」

「うしろから――」

裕士の答えを待つ前に、響子はうつ伏せになり、腰を突き出した。

目の前に、さきほど自分が舌先でふれた、小さな皺に縁どられた楚々《そそ》とした穴と、白い液体を溢れさせている肉の狭間《はざま》があった。

いやらしい女だ――裕士はあらためて、女の肉を眺めながら、そう思った。この女とホテルに入ったのは、先輩の死について話を聞きだすためではあったが、久しぶりの濃厚な交わりにすっかりのめり込んでいた。

裕士は身体を起こし、響子の腰に手をあて、堅くなった自分のペニスに左手をそえ、先端をふれさせる。

「ぁあっ！」

それだけで、響子は声を出した。

こんなに濡れていたら大丈夫だろうと、容赦なく、裕士の肉の棒は、ずぶずぶと裂け目に吸い込まれていく。女の潤った粘膜に呑み込まれていく感触があった。

「――うぅ」

裕士自身も、声を漏らしてしまったのは、ペニスが包まれていく心地《ここち》よさに、我慢できなかったからだ。口でされるのも嫌いではないけれど、やはりこの悦びに勝るものはない。

響子の腰を両手でつかみながら、裕士は腰を動かした。

うしろから眺める響子の背中はなめらかな曲線を描いている。腰に肉がついているが、年齢相応だろう。若い女は気後《きおく》れするし話も合わないから、これぐらいの年齢の女がちょうどいい。いや、響子だからだ。取材対象の女と、その日のうちにホテルに行くなんて、今までなかったし、本来してはいけないことだ。けれど、飲みながら話している時間が心地よく、誘いをかけられて拒む選択肢はなかった。

龍一に対する申し訳なさはあるけれど、それでもこの女と寝たかった。

「あたる――」

響子が声を漏らす。

「気持ちのいいとこに、あたってる」

そう言われて、裕士は腰の動きを速めた。

「イってしまうかもしれん――」

「いいよ、俺のこと気にせず、イけばいい」

響子はベッドに顔を埋めて、自らも腰を動かしてきた。裕士の動きに合わせるように、粘膜がこすれあう。

「あかん――」

泣き声をあげながら、響子の腰の動きが速まってきた。

ぎゅうぎゅうと裕士のペニスを締め付けてくる。

「お願いやねんけど」

「なんだ」

「イくときは、顔を見て、抱き合ってイきたいねん。そやから――」

裕士がいったんペニスを抜くと、響子は仰向けになり、自ら両脚を開く。その上にかぶさるように裕士は身体を重ね、ずぶりと肉の棒をじゅうぶんに潤った響子の粘膜に差し込んだ。どくどくと、女の襞がペニスを呑み込んでいく感触がある。

「――」

響子が口を動かしたが、声は聞こえなかった。

向かい合って、唇を吸うと、響子が両手を伸ばし裕士の背中に回して、抱き寄せるように力を籠める。

汗にまみれた胸と胸が重なり、シーツにふたりから溢れた水が漏れる。

上半身を重ねながら、裕士は必死に腰を動かしていた。

女の肉の襞が、ぎゅうぎゅうとペニスを締め付けて、絞り出そうとしている。裕士は身体の奥から、マグマが吹き上げてきたのを感じた。

もう、もたない。

「俺も——ダメだ——出る」

「一緒にイきたい。愛してるから——」

どちらが先に絶頂に達したのか、わからない。裕士の身体の奥から熱い濁流が勢いよく溢れてきて、響子の粘膜の先に放出され、響子は部屋中に響き渡るような声をあげた。

裕一が粘液まみれのペニスを抜くと、響子の秘花の奥から、どくどくと白い液体が溢れていた。

＊

「——まだ一時間ほど、残ってるわ」

汗を流すためにシャワーを浴びたあと、バスタオルを巻きつけた響子が裕士の隣にすべりこむ。ふたりから流された液体で、シーツは湿って冷たくなっていた。

久しぶりに思い切り放出し、裕士の身体は力を失っていた。ただ射精させられるだけではなく、こうして肌を交わらせたことへの満足感もあった。

けれど、勢いで先輩の未亡人と寝てしまったものの、これからどうするつもりなのだ――と、自分に問いかける。一度きりの交わりで終わらせるのか、これからも続かせたいのかと頭の中で考えを巡らせるが、そもそも響子は何を思って自分を誘ったのだろうか。

「久しぶりに男の人にふれて、よかったわ」

「あなたのような人なら、男に困らないだろうに」

つい裕士がそう口にすると、響子は天井をじっと見つめながら、笑みを浮かべる。

「龍一さんがああいう亡くなり方をして……私のせいや、だから私はもう誰かと幸せになんてなれへんって、思ってた。ううん、今かて、そう思ってる」

「じゃあ、俺と寝たのは」

「……会う前は、そんなつもりはなかってんで。でも、将門の首塚で、あなたと会って――なんやろうな、全然似てへんのに、あなたが龍一さんに見えてん。そしたら、無性に抱かれたくなった」

さきほど絶頂に達したときに、この女は、「愛してるから――」のあとに、「龍一さん」と口にしたことを、覚えていないのだろうか。

問いただそうとも思ったが、裕士は止《や》めた。

このホテルに入ってから、誰かの視線を感じたことも、思い出した。夢中になり響子の身体を貪りだしてからは、気にならなくなったけれど——。

「横里先輩は、どうして死んだんだろう。俺の知る限りは、自ら命を絶つ人ではなかった。いや、そもそも絶対に彼は不正に関与するような人じゃない」

裕士はそう口にして、そうだ、自分はそれを調べるためにこの女と会ったのではないかと思い出す。

「俺だけじゃない、横里先輩を知る人たちは、みんな口をそろえて同じことを言う。ただ、正義感の強い人だから、よっぽどのことがあり、自分を責めたんじゃないかって口にする人もいた。でも、それでも——」

ふたりとも、真っ白な天井を眺めていた。

そこには何もないはずなのに、じっと、見てしまう。

「横里先輩が、独身時代からたまに行っていたスペイン料理の店がある。おそらく、あなたも一緒に行ったことがあるはずだ。そこの店主が、横里先輩が、妻が妊娠したかもって喜んでたのに、自ら死ぬわけがないって話してくれた。自分はこの年齢でまさか子どもができるとは思わなかったし、無事に生まれるまではあまり人に話したくないって言ってたらしいけど……先輩とあなたとの間に子どもがいるなんて話は、初めて聞いた」

響子は裕士の隣で、仰向けになり天井を見つめたままだ。ちらりとそちらを眺めるけれど表情は変わらない。

「あなたが知ってるのは、それだけ？」

「いや……響子さん、どうやって話を切り出したらいいか迷っているうちにこうなってしまったけど……あなたが京都の、十年前に引退した元大臣の愛人だったことも知ってる。先輩が秘書を務めていた議員が所属する派閥のドンだ。俺の考えが、どこまで正しいのかわからないけれど、あなたはその元大臣の紹介で横里先輩とつきあいはじめたんじゃないかな。先輩自身は、あなたがその男の愛人だとは知らなかっただろうけれど……」

響子は身体の向きを変え、横を向き、裕士のぐにゃりとしなびたペニスの上に手を置いた。

「先生……その元大臣さんには、お世話になったんや。うちは早くに父親が亡くなって、母は身体が弱くて、私は中学を卒業して年齢をごまかしてホステスや風俗もやって、妹や弟を養ってた。十八のときに、先生と祇園のお店で知り合ってからは、家族みんな面倒見てもらって、本当に神様みたいに思ってた。妹も弟も先生のおかげで大学にも行けた」

響子の手が、ペニスを包みこむ。離さないぞ、と言わんばかりに。

「龍一さんが秘書を務める議員さんと先生が、龍一さんを連れてお店に来て……私を紹介して、苦労をして家族を養って生きてきたんだって話をすると、龍一さんは感動して、私に関心を持った。そこからは先生たちの思いどおりや。私は先生に逆らうことは、できひん。うちの母が、家族が救われたのは先生のおかげやから、私が先生を裏切ったら、申し訳なくて命を絶つかもって脅してくるし……」

想像していたとおりの話だった。

裕士の身体は冷え切っているけれど、どうしてもペニスに纏《まつ》わりつく響子の手を振りほどくことができない。

「自分が秘書をしている議員の不正を、薄々勘づいて、秘《ひそ》かに龍一さんは調査をはじめていた。そのことに議員さんは危機感を抱いて、先生に相談したんや。そして、私と結婚するように仕向けた。龍一さんの調査もそのうち進んで、先生たちはなんとか龍一さんの口を封じるために、違法行為の罪をかぶせようとした。警察の家宅捜索が入った際に、家から書類も見つかったのが決定的やったんやけど、それを準備したのは、私や。龍一さんの行動を逐一先生に報告してたのも、私。龍一さんは本人の知らんところで加担して――私が関わってるのにも気づいてしまった。そもそもの出会いも仕組まれていたことにも。そやから――」

絶望して死んだのか――という言葉を裕士は飲み込む。

もしそうならば、それだけこの女を愛していたからこそ、裏切られたことに耐えられなかったのだろうか。

「私は龍一さんを、本当に愛してたんや。気づいたのは、亡くなってからやけど……もう、男とは寝ないつもりやったし、これから先も誰かと幸せになることはない。龍一さんが亡くなったとき、私のせいやって、自分も死のうとしたんよ……でも、お腹《なか》に龍一さんの子どもがおるから、できひんかった」

響子は淡々と語っている。

「子どもは京都で、母と一緒に育ててる。日に日に、龍一さんに似てくる。そっくりや。これから大人になるにつれ、もっと似てくるやろなぁ。まるで龍一さんの生まれ変わりみたいや。ときどき、子どもが私を恨みがましそうな目で見るのは、自分のことを忘れるなって言いたいんかなぁ、とも……」

薄暗い部屋の中で、静かな声で語り続ける響子を、本当に生きている人間なのかと裕士は疑いそうになった。

さきほどまで、自分の腕の中で喘《あえ》いでいた女なのに。

「幽霊とか怨霊って、生きてる人間の罪悪感が見せるもんやねんて。龍一さんは私が着物着るときに使う腰紐《こしひも》で首を吊っててん。わざとやろうな、お前のせいで死んだって言いたいがために。龍一さんの遺体は、眼が見開いてて、口からよだれが垂れてて、気のせいかもしれんけど、首も伸びてるみたいに見えて——そのせいか、ときどき、龍一さんの首が現れて、私をじっと見てることもある。他の人には見えへんみたいやから、ほんま私の罪悪感が見せてる幻なんやろうけど——」

ひんやりと冷たいものが、裕士の背中に触れた感触があり、鳥肌が立った。

幻、なのだろうか。

響子とつながる直前に自分が感じていた視線も。

将門の首塚で、全く似ていない自分に響子が龍一の面影を見て欲情したことも。

裕士は口を開く。

「響子さん、あなたのカーディガンの刺繍、あの青い花は、桔梗《ききょう》ですね。やっと、今、それに気づいた。同時に、桔梗姫の話を思い出した。あなたがそれをわかって、あの服を着てきたのかどうかは知らないけれど——そもそも、なぜ今日、将門の首塚を待ち合わせの場所に指定したのか。あなたが手を合わせていた相手は、将門ではなく」

響子は答えない。

裕士は何かに急き立てられるように、話を続ける。

「新聞社を辞める少し前に、コラムを書くのに、平将門について調べたことがあるんです。そのときに、初めて将門の首塚にもお参りした。そして調べていく中で、興味を惹かれる伝承があった。それが桔梗姫《ききょうひめ》の話です。将門の寵姫《ちょうき》ではあったけど敵方の武将と内通していて、将門の秘密を伝え、それが決定打になり将門は討たれた。けれど彼女は将門を愛してもいて、自らも身を投げて命を絶ったと——将門は亡くなる前に、桔梗姫が自分を裏切ったことを知って呪詛《じゅそ》の言葉を吐いたという伝説もある」

響子の手が、裕士のペニスを縦にしごくように動かし始めた。

「いずれにせよ、愛していたはずの夫を裏切り憎まれ、報いを受けるように不幸な亡くなり方をした女の話だ」

裕士がそう言うと、なぜか響子は笑みを浮かべる。

響子の手の中のペニスは、再び堅さを取り戻しつつあった。

「裏切者は、ロクな死に方をせぇへん。私もきっと、そうや。ううん、死ぬことも許してくれへん。罪を背負いながら生きなあかん。そっちのほうが苦しい」
響子が身体を起こす。
「書きたかったら書いたらええで。どうせ私は生きながらにして地獄に落ちてるんや」
裕士のペニスは、響子の口に捕らえられた。
白い指が、肉の棒に絡みついて細やかな動きを続ける。
響子の指を、どうしても撥《は》ねのけることができない。
お前は俺も、地獄の道連れにする気か——裕士はその言葉を飲み込んだ。

雷神

あの日は、ひどい雷でした。

雨に濡《ぬ》れ、雷に脅え寒さに震えるあなたが、抱きしめて守ってやらねば死んでしまうような弱い生き物のように思え、愛《いと》おしくなったのです。だから私はあなたの背に手を伸ばしました。

男たちが、あなたを称賛する気持ちも、わかりました。

女の私から見ても、あなたは痛々しいほど可憐《かれん》でした。


初めて出会ったとき、私は二十四歳、理亜《りあ》は二十一歳でした。

私は九州から大学進学のために京都に来たけれど、入学してすぐに劇団に入り、そのまま大学を中退して、あの頃は幾つかアルバイトを掛け持ちしながら、女優を目指していました。

映画好きな父親の影響で、私は暇さえあれば映画を観《み》て、スクリーンの中にいる役者たちに焦《こ》がれていました。本気で自分が女優になんかなれるとは思っていなかったはずなのに、劇団に入り舞台に立つと、人前で演じることがたまらない快感だと知って、大学になんか通っていられなくなったのです。

団員が五十人ほどいるその劇団は、かつては賞も幾つかとった劇作家が主宰していたもので、年に二回の舞台公演を中心に活動していました。

そこに二十一歳で入ってきたのが、あなた、神倉《かみくら》理亜です。理亜は京都のそこそこ裕福な家のお嬢様で、名の知れた女子大学に通っていました。劇作家がその大学で表現の授業の講師をしていて、彼にスカウトされたのだと聞きました。

白い肌、丸くて大きな瞳、口紅を塗らずとも潤うピンクの唇、黒くて長い艶のある髪の毛――理亜は若さと美しさの輝きを誰よりも放っていました。おとなしく、謙虚で、けれど愛らしく、理亜の入団で劇団の空気が変わりました。

「私、すごく恥ずかしがり屋で、引っ込み思案で、そういうのを克服したくて」

理亜は入団の動機を、そう話していました。

正直言って、真剣に女優を目指していた私はどこか冷めた目で理亜の存在と、浮かれる男たちを眺めていましたが、たぶん他の女性の劇団員たちも同じだったでしょう。

理亜は入団してすぐに、次の公演の主要人物に抜擢《ばってき》されました。まるで劇作家が、理亜のために作ったような、可憐な少女役です。台詞《せりふ》も出演場面も少なかったけれど、印象の強い役でした。

私は、酒場の女役でした。実際に私はあの頃、バーでアルバイトもしていたし、蓮《はす》っ葉《ぱ》な役どころがぴったりだったのかもしれません。

私は恋人らしき男と別れたあとで、ときどきバーの客に誘われ寝てもいました。誰でもいいわけではないけれど、男に欲望を抱かれるのは、自分に価値があると思えるので、誘われると手軽にセックスする女でした。

劇団の中にもセックスしたことがある男は、何人かいました。けれど、割り切って遊べそうな相手と酒の勢いで寝たぐらいです。そんなふうに私と簡単に寝る男たちも、理亜には熱をあげながら、大事なお姫様を守る騎士のように接していました。

お姫様——間違いなく、あの頃、理亜はそんな存在でした。

子どもの頃から喘息《ぜんそく》もあり、身体《からだ》も弱いほうで、今はだいぶ元気になったけれど、友だちと遊ぶこともままならなくて、ずっと寂しい少女時代を送っていたのだとあとで聞いて、理亜の守ってやりたくなる弱々しい雰囲気はそこから来たのかとも思いました。

私と理亜が、なんとなく仲良くなったのは、彼女自身が年齢の近い私に頼ってくることが多かったからです。劇団の男たちは、何かと理由をつけて彼女を飲みに誘おうとしましたが、理亜は「佐奈子《さなこ》さんに、教えてもらいたいことがあるから」と、私を逃げの口実にしました。

私も男たちが露骨に失望するのを眺めるのが楽しくもあり、面倒見のいい先輩を演じてもいました。

きっと、今まで、同じようなことはあったのでしょう。理亜は、男たちの誘いに乗ることが、同性に敵を作り、男にも勘違いさせることを知っていて、私のような「味方」が必要だったのです。

悪い気は、しませんでした。

それに理亜は、映画をよく観て本も読み、話していても楽しかった。

私たちは一緒に帰ることも増えて、「姉妹のようだ」と言われていました。

理亜は私に心を許し、さまざまなことを打ち明けてくれるようになりました。驚いたのは、彼女は今まで男と一度も肌を合わせたことがないという事実です。散々、たくさんの男に告白されてきただろうに。

「私、男の人が怖いの。だから女子大は居心地《いごこち》がよくて……でも、いつまでも脅えていたら社会に出られないから、慣れるつもりもあって先生に誘われて劇団に入ったんです。でも、まだ、やっぱりどうしても苦手」

理亜の男嫌いは、中学生の頃に家庭教師の男に乱暴されかけたことが原因だとも知りました。彼女の激しい抵抗により未遂に終わったそうなのですが、それから男が隣に来るだけでも震えてしまう時期が長かったと言います。

だから必死に、劇団の男たちの飲みの誘いを断っているのだと察しました。

「私、女の人と一緒にいるほうが好き。女の人のほうが、きれいで清潔で優しいから」

そんな女ばかりじゃないのにと、私は言いたい気持ちを抑えました。

理亜は、男が苦手で、無邪気に女はいいものだと思っているようですが、それはあなたが特別だからよとも言いたくなります。女性から見ても、理亜は愛らしくて、子どもが愛玩されるように可愛《かわい》がられます。

何もせずとも、誰からも愛されるのが、理亜という女でした。

私だって、自分に懐いて頼ってくる、少女のような理亜を、次第に愛《いと》おしく思うようになりました。

稽古場は、北野白梅町《きたのはくばい》にありました。劇団の主宰者が経営しているスタジオです。

その日も、稽古をしたあと、私と理亜が自転車で帰ろうとしていると、突然、雨が降り、雷が鳴ってふたりともびしょぬれになってしまいました。

私の家は稽古場の近くだったので、理亜に「うちに寄って、シャワー浴びる？そのままだと風邪《かぜ》ひいちゃう」と声をかけました。

そして古い二階建てアパートの二階の角部屋の私の1LDKに理亜を招き、先に彼女を浴室に行かせます。理亜の服を下着も一緒に、洗濯機に放り込みます。ちらっと見た彼女のショーツは、イメージにたがわない、薄い桃色の、端に小さなレースがついているものでした。

黒やブルーのシンプルなものしか穿《は》かない私からしたら、ずいぶん頼りない布に見えたのですが、理亜にはぴったりだと思いました。

シャワーを終えて私の大きめのTシャツを理亜は身に着けました。私が新品のショーツを「返さなくてもいいから」と渡したので、それも穿いているようです。理亜の濡れた髪の毛が白い肌に張りついています。私もシャワーを浴びTシャツと短パンを身に着け、髪をドライヤーで乾かしました。

「寒くない？　大丈夫？」

と、私は声をかけます。

「大丈夫、でも」

そこで言葉を止めます。

理亜が震えているのは、雷に脅えているのだと気づきました。

「雷、怖いの？」

「うん、子どもの頃から、すごく苦手で……」

窓の外では雨が降り続き、どこか遠くでガラガラと大きな音が聞こえたので、雷が落ちたのでしょうか。

理亜の身体だけではなく、唇までもが震えているのが、わかりました。

「まだまだ雨はやみそうもないし、あんまり遅くなると危ないから、今日は泊まったら？」

私はそう声をかけました。

助かりますと理亜は答え、笑顔になりました。家に電話をして、「女の先輩の家に泊まるね」と、親に伝えます。

布団が一組しかないので、一緒に寝ることになります。私の部屋のシングルベッドは、ふたりで入ると、どうしても身体が触れ合ってしまう。

ガラガラと、また大きな音がしました。

さきほどより、雷の音が大きくなったのは、近くに来ているからでしょうか。

「怖い」

そう言って、理亜が私のTシャツをつかみました。

「大丈夫」

私はほとんど無意識で、理亜の背中に手をまわし、抱きしめる形になります。

「ごめんなさい、子どもみたいで。でも、どうしても雷だけは、だめなの」

泣きそうな声で、理亜が私に縋《すが》りつきました。

私の顔の下に理亜の頭があり、フローラルの甘い香りが漂ってきます。女の子は、いい匂いがするのだと、久々に思い出しました。

私は理亜の頭を撫《な》でます。理亜は私の胸に顔を埋めてきました。

身体の奥から、むくむくと久しぶりの感触が沸き上がってきます。むず痒《がゆ》いような、チクチクと刺激を与えられるような、あの感触。私はその正体を、すぐに悟りました。

女の人と寝たことは、何度かあります。バイト先のバーの同僚と一緒に、レズビアンが集まるお店に行ったとき、隣にいた女性に誘われ、酔っていたこともあってホテルに行ったのが最初でした。嫌悪感は無かったし、むしろ、女同士ってどうなんだろうと好奇心が先行したのです。

その女性は、丁寧に私の身体をお風呂で洗ってくれて、石鹸塗《せっけんまみ》れになって何度もキスをしました。ベッドでも身体の隅々まで舌で可愛がってくれて、重なったときも滑らかな肌と柔らかい肉の感触が心地よくて、男とは経験したことのない、ゆるやかな快感に浸りました。男は、特に若い男は、どうしても射精が到達点になるので、こちらの欲望がなおざりにされがちですが、女同士はぞんぶんに肌の触れ合いを楽しめるのです。

それから、そのバーに何度かひとりで行き、数人とセックスしました。妊娠のリスクがなく、乱暴される怖さもない女同士のセックスは楽しかったけれど、やはり私はレズビアンではないようで、ひとりの人と関係を続けることはありませんでした。

結局のところ、女同士のセックスよりも、男性に激しく求められたくて、バー通いをやめたので、私がその世界にいたのは半年ほどです。そして忘れていたはずの感覚が、今、理丗と布越しではありますが、身体を寄せ合って蘇《よみがえ》ってきました。

「私、男の人は苦手なんだけど、こうして女の人にくっつくのは気持ちよくて……高校の時、合宿や旅行で女友だちと一緒の布団で寝るの、好きだったな」

雷の音が少し速くなった安心感からか、理亜がそんなことをつぶやきました。

「じゃあ、もっとくっつこうよ」

私はそう言って、理亜を強く抱きしめます。

「キスもしたことないの？」

私が問うと、理亜は小さく「うん」と頷《うなず》きました。

衝動的に、そんな理亜が愛おしくなり、私はちゅっと軽く、理亜の唇に自分の唇を触れさせます。理亜は少しばかり目に驚きの色を浮かべましたが、嫌がっている様子はありません。だから私は、「理亜、可愛い」と言って、もう一度、キスをしました。

「ごめんね」

「……謝らないで」

「嫌じゃなかった？」

理亜は私の問いに、首をふります。

理亜の真っ白な首筋が赤く染まっているのに私は気づきました。

「肌と肌は、直接くっつけたほうが、気持ちいいよ」

私はそう言って、理亜のTシャツを脱がします。脚を絡ませましたが、やはり理亜は逃げません。

「私だけ裸じゃ恥ずかしい」

理亜がそう言うので、私は自分も服を脱ぎました。ふたりとも、ショーツだけになります。

どちらからともなく抱き合って、理亜の柔らかな乳房が私の胸に当たりました。私は手をその乳房に添えて、先端が堅くなっているのを確かめます。

服の上から想像していたよりも膨らみがあることに、私の呼吸が速まりました。

「寒くない？」

「まだちょっと寒いかも」

「じゃあ、くっつこう」

私たちは、そうしてしばらくただ肌を合わせて身体を寄せ合っていました。そして何度も、舌を使わないキスを繰り返していると、私のお腹《なか》の下の奥が、ぎゅうっとつかまれたような感触があり、熱を帯びてきたのが、わかります。

「女の人と、こういうことするのは、嫌じゃないの？」

「うん、女の人――佐奈子さんだと、気持ちがいい」

「気持ちいい？　本当に？」

「恥ずかしいけど……」

「嬉《うれ》しい」

恥じらう表情を見られまいとするかのようにうつむく理亜が私の胸の中にいると、もう抑えることができません。

私は身体をずらし理亜のショーツに手をふれます。

「ここ、見てもいい？」

「いや……恥ずかしい」

「部屋は暗くしたままだから、大丈夫」

私がそう言うと、理亜が両脚の力を抜いたので、下着はしゅるしゅると脱がせることができました。私は身体を起こし、理亜の両脚を広げます。

やはり多少は抵抗があるのか、理亜はいやいやをするように身体をよじり、脚を閉じようとしますが、私は素早く理亜の股間に顔を埋めます。

「いや——」

私は舌を伸ばし、縦の筋をなぞるように舐《な》めあげます。毛は予想通りに薄く、処理していないせいかつけねのほうまで広がっているけれど、柔らかいから痛くはありません。

「ぁあっ」

理亜が腰を浮かせたのは、私が彼女の小さな粒を口に含んだからです。

「気持ちよくなって。感じるのは、恥ずかしいことじゃないんだから」

私がそう言うと、理亜の声が高くなりました。

初めての感触に戸惑いながらも、私の舌が与える快感に身を委ねようとする理亜が、愛らしくてたまりません。ふと顔をあげると、頬《ほお》だけではなく、首筋もデコルテも紅に染まっていました。

「感じてくれて、嬉しい」

私はそう言って、指で理亜の秘密の花園を押し開きます。

思ったとおり、そこはとても綺麗《きれい》でした。クリトリスは小さくて控えめです。花びらは私から向かって左のほうが少し大きく、色も薄い。そしてその下にある排泄《はいせつ》の菊の花のそばに、小さな黒子《ほくろ》があるのがなんとも愛らしいのです。

花びらの奥からは、白い粘液が今にも溢《あふ》れてきそうにどろりと溜《た》まっていました。

まだ誰も押し入ったことのない場所だから、大切に扱わないといけない。今日は舌で舐めるだけで、指は入れないほうがいいと思いました。

私は舌先を尖《とが》らせ、白い粘液をぬぐい取るように突き刺していきます。

「ぁあっ！　やだぁっ！」

理亜が泣きそうな声を出し、両脚を閉じるので私は更に顔を近づける形になってしまいました。

「恥ずかしい――そんなとこ、見られるなんて――」

「見るだけじゃないよ」

私はそう言って、懸命に舌を動かします。理亜の粘膜の奥に少しでも近づけるようにと、魚の尾ひれのようにひらひらと揺れさせます。

「ぁあ――」

理亜はもう耐えきれぬのか、大きな声をあげました。

雨はもうやんでいて、古いアパートだから音が隣に聞こえるでしょうけれど、もう別にかまわないと、思いました。


あの夜は、ひたすら理亜の身体を私が可愛がり、気が付けば眠っていました。どちらが先に寝てしまったのかも、覚えていません。

ただ、夜中に私は尿意を催して一度目を覚ましベッドを抜け出しました。カーテンをそっと開けると、雨上がりの夜空に浮かぶ月の光が差し込み、理亜の愛らしい寝顔と、白くて柔らかい身体を照らし出します。この身体を自分のものにしたのだという喜びがこみ上げ、私は記録したい衝動にかられ、そっと携帯電話のカメラで理亜の写真を撮りました。

皆から愛される天使のような存在にふれた証拠を残したかったのです。

理亜はすやすやと眠っていて、シャッター音にも気づく様子はありません。

私は満たされた想《おも》いで、もう一度眠りにつきました。

朝になって目が覚めると、窓の外の空は真っ青に晴れ渡り、眩《まぶ》しいほどです。

「おはよう」

理亜の声が耳元で聞こえました。彼女のほうが先に起きていたようです。

「シャワー、使わせてもらっちゃった」

「いいよ」

「……お昼前には、家に帰らないと」

「うん、わかった」

着る物がないよねと、私のワンピースを理亜に貸しました。理亜は手早く昨夜、私が脱がした下着の上にそれを身につけます。

私は今日は夜のバイトだから、まだゆっくりしていられると、ベッドの中から、身づくろいする彼女を見ていました。

「昨日、雷、すごかったね」

私がそう言うと、理亜は「恥ずかしいとこ、佐奈子さんに見せちゃった」と、背を向けたまま口にします。その「恥ずかしいとこ」が、雷に脅える姿だけではないのは、承知です。やはり羞恥のせいか、理亜は私に顔を見せまいとしているような気がしました。

私はベッドから出て手を伸ばし、理亜をまた抱き寄せてキスしたくなりましたが、この晴れ渡った空の下では、拒否されるような気がして躊躇《ためら》いました。

「洗濯物は乾かして、次の稽古にもっていくから」

「お手数かけます。本当に、お世話になっちゃってごめんなさい。下着までもらっちゃって、すいません」

「いいのに」

「じゃあ、また。ありがとうございます」

理亜はやはり表情を見せず、うつむいたまま一礼して、私の部屋を出ていきました。

私はゆっくりと布団から出て、ふたりぶんの濡れた衣服が入った洗濯機のスイッチを入れます。

そして台所で煙草《たばこ》を吸い、冷蔵庫から取り出したミネラルウォーターのペットボトルに口をつけ、ごくりと飲み干しました。喉が、ひどく渇いています。

だらだらとメールの返信などをしているうちに、洗濯機からピッピッと音がしたので、私はベランダの物干しに、洗濯物を干しました。

私の黒のショーツの隣に、理亜の桃色の小さなショーツが揺れています。

それを見て、勝ち誇った気持ちが沸き上がりました。男たちが崇拝し、その愛らしさや純粋さや美しさを称賛する理亜を、自分のものにしたという喜びと、男を知らない理亜に快感を教えてやったという達成感で気分が高揚してきました。けれど、それが理亜への愛情ではないのも、自覚していたのです。

次に理亜に稽古場で会ったとき、私は普段と変わらないように振舞ってはいましたが、ときどき彼女が子犬のような目で私をじっと見ているのは、気づいていました。

何もなかったかのように「大丈夫、風邪ひかなかった?」と、私は理亜の衣服を返しましたが、彼女があの夜に肌を合わせた出来事を忘れられないでいるのだと考えることは、私の中の優越感を募らせました。

あの夜は、本当に彼女を愛おしく思ったから抱いたけれど、それが一瞬の感情の揺れに過ぎないことも私は知っていました。

それよりも、次の公演の脚本が配られ、一週間後に配役が発表されると聞いて、そのことで私は頭がいっぱいでした。大学をやめてまで女優になりたいと決めたくせに、だらだらと二十四歳になったことで焦りもしていました。まだ若いよと言われるけれど、どこかで大きなきっかけが欲しかったのです。

次の劇団の公演は学校が舞台の群像劇でした。ならば若いキャストにチャンスが与えられるはずです。主役は、「学園の女王」と呼ばれる魔女のような少女です。その役が私にまわってくればいいのにと願っていました。

ところが、配役が発表される前に、衝撃的なニュースが飛び込んできたのです。文学賞も取った京都が舞台の小説が映画化されることになり、大学生のヒロイン役に理亜が抜擢されたのだと、稽古場で劇作家が興奮したおももちで、皆の前で発表したのです。

なんでも、劇作家がロケ地のことなどで旧知のプロデューサーから相談を受けていたところ、ヒロインを演じる予定だった元アイドルの妊娠が発覚し、そこで理亜を推薦したら、気にいられたとのことでした。

いきなり、映画のヒロインです。しかも原作がベストセラーになっているので、話題になるのは間違いないでしょう。

皆の拍手の中、理亜は立ち上がり、「私のような未熟な者には、荷が重すぎる大役です。困惑しています」と口にしました。

だったら引き受けなければいいのに！　と、私は叫びそうになりました。

劇作家、そして男たちが高揚しているのがわかります。

そのあと、次の公演の配役の発表があり、私が狙っていた主演の学園の女王役は、三十五歳の先輩女優だと発表されました。私はその女王の側近役です。そこそこ出番は多い役ではあるものの、失望しました。

そして理亜は、映画の撮影があるので、次の公演には出ないとも聞きました。

「これから有名になるよね、サイン今のうちにもらっておこう」

台本の読み合わせが終わったあと、公演の話などせず、皆は理亜に群がっています。

私はそっと稽古場を出ました。

まっすぐ家に帰る気にならず、夜の闇の中でそびえたつ鳥居のもとに自転車をとめて、私は北野天満宮《てんまんぐう》の参道を歩きました。

近くにあるから、屋台が出ている天神市の日などに何度か行ったことはありますが、夜、人のいない時間帯に中に入ったことは、今までありませんでした。

静かな闇に身を置きたかったのです。

境内の中の豪奢《ごうしゃ》な門の前で、私は空を見上げます。雲の出ていない、暗い夜でした。

こんなふうに胸が苦しくなったのは、初めてかもしれません。

嫉妬という感情が、自分の中で膨らむことが不思議でもあり、悔しくもありました。私は、自由に、好きなように、生きているはずなのに。

それでも他人に対して、羨む気持ちは捨てられないのです。

私は大きく息を吐き、呼吸を整えます。

あの雷の夜、埋亜を抱きしめた感触が、ふと蘇りました。

柔らかな肌、愛らしい喘《あえ》ぎ声——。

男たちが彼女を崇拝するのは、よくわかります。その様を冷めた目では見ていたけれど、決して嫉妬なんてしていなかったはずなのに。

私が大学をやめてまでなりたかった女優になるチャンスを、たやすく何の努力もせずにつかんだことが、耐えられなかったのです。

演技が上手《うま》いわけでもないし、経験もない。ただ、皆に愛されるその存在だけで、私が必死で努力して欲しがっているものを、彼女は簡単に手にいれる。

仕方がないことだと自分に言い聞かせようとしても、胸は苦しいままです。

私はしばらく北野の森に佇《たたず》み、涙がこぼれないように歯を食いしばり、夜空を見つめていました。


私は次回公演をなんとか終えて、劇団に退団を申し入れました。劇作家は、「もったいないな」とは言いましたが、引き留めてはくれませんでした。つまり、彼にとって、私はその程度の存在だったのです。

京都を離れ、東京に行くことにしていました。東京で、本格的に女優を目指すつもりでした。

理亜は映画の撮影があるからと、劇団に顔を出すことはなくなりました。

私が東京に引っ越した頃に、理亜が主役の映画は公開され、「京都のお嬢様、期待の清純派新人女優」として雑誌などに、理亜の顔が次々に載りました。

演技はつたないものの、映画自体はヒットし、すぐに次の主演作も決まったのだと人づてに聞きました。その頃には理亜は京都の大学を卒業していて、就職はせず女優の道に進むと決めたようでした。

私といえば、東京に来たものの、何もかもうまくいきません。業界人が集うバーでアルバイトをはじめたものの、「仕事をあげる」という言葉を餌に誘ってくる男たちの言いなりになってセックスはするけれど、何も得られず自己嫌悪に陥るような日々でした。東京には、きれいで才能のある人たちが溢れていて、私は何者にもなれない自分を思い知るだけで、腐っていました。

だから魔が差したというわけではないけれど――。

バーの常連客の夕刊紙の記者に、「新人女優・神倉理亜」と同じ劇団出身だという話をもらした際に、「あの娘《こ》のこと、何か面白い話がない？　男の影とか全然無くてさ、みんな必死にスキャンダル探してるのに」と問われて、「男は苦手で、女のほうが好きみたい」と漏らしてしまったのです。

店が閉店したあと、その記者に誘われて別の店に行き、酒がまわっていたのもあって、私は彼女と一度関係を持ったと話してしまいました。彼女のヌード写真もあるよと、スマホの画像もせがまれて送りました。

「事務所の関係があるから、うちでは無理だなぁ」と言われたから、私は話してしまったことを後悔しながらも、そんなに気にしてはいなかったのです。

ところが、どうまわりまわったのか、「注目の清純派女優の秘密！」という見出しで、コンビニ等で売られている実話誌に、写真と共に理亜が処女でレズビアンだという記事が載ってしまったと記者から謝罪とともに連絡がありました。

私は驚いてコンビニで買って、すぐに実話誌を読みましたが、私の名前や素性らしきものはわからないようにしてあり、ホッとしました。一部の人間しか読まない実話誌ならば、広まることもないだろうと油断していたのです。ところがその記事はネットに転載され、拡散されました。

〈騙《だま》された！　男が嫌いなんて！　ファンクラブの入会金と会費を返せよ〉

〈裸の写真撮らせるなんて、実は淫乱？　お嬢様じゃなかったの？〉

〈映画の中のキスシーンも、本当は男相手は嫌だって思ってるなんて、冷めるわ〉

そんな言葉と共に、理亜の写真がネットに溢れます。

スキャンダルで初めて彼女の名前を知った人たちも、多いでしょう。そういう人たちまでもが、興味本位に騒ぎ立てます。

理亜の事務所が、彼女の休業と舞台の降板を発表しました。精神的にダメージを受けて入院中だという報道もありました。

彼女を持ち上げていた者たちが、彼女に憎しみを抱いてわめきます。

私が罪悪感で胸が締めつけられそうになりながらも、どこかホッとしていたのは、やはり嫉妬の感情が自分の中で消えていなかったからでしょうか。

これから先、メディアに理亜が登場して称賛されるたびに、自分が女優になれずにいる焦燥感に掻《か》き立てられ苦しくなるのかと、ずっと思っていましたから。

それに、私は本当に、悪気は無かったし、ちらっと軽く話しただけで、こんな大ごとにするつもりはなかったのです。

だからといって、私がしたことが許されるとは思っていません。

あの写真を流したのは、私以外にはいないことを理亜は知っているはずですが、彼女から連絡が来ることもありませんでした。

私は理亜の騒動から一年も経《た》たないうちに、せわしない暮らしと、私自身の力の無さを思い知り、東京から離れました。九州に戻り、実家のある福岡は避けて太宰《だざい》府《ふ》の祖父母の家に居候し、飲食店のアルバイトをはじめました。

三十歳になる少し前に、その店の店主の紹介で、出入りしている食品製造会社の社長の息子と交際し、半年後に結婚をしました。

かつてバーで働き女優を目指し、さまざまな男たちと、ときには女とも遊んで奔放な暮らしをしていた私は、今ではすっかり夫を支える、「いい妻」です。三十一歳になったのと同時に、お腹の中に子どもを授かりました。

私の結婚と同時期に、理亜が亡くなったことが、小さなニュースになりました。

理亜はあの出来事で体調を崩し、実家のある京都に戻り休養していたのですが、もともと気管支が弱く、肺炎を悪化させて亡くなったのだと知りました。理亜が発作を起こした日は、京都はひどい雷で、理亜の家の近くにも落雷があったそうです。

あの夜、私の胸の中で雷に脅えていた理亜の姿が記憶に蘇り、少しばかり胸が痛みはしましたが、忙しい日常の中で、私は過去を無意識に封じ込めようとしていたようで、感傷に浸る暇もありませんでした。

けれど、そんな私を理亜は許せなかったようなのです。


子どもが生まれた日は、雷が鳴っていました。

ガラガラと雷鳴が聞こえているなか、私は陣痛にのたうちまわって、夫によると叫び声もあげていたそうです。

それでもなんとか無事に男の子が生まれました。

雷の日に生まれたせいなのか、子どもが雷にひどく脅え、いつもより泣きわめくことに気づいたのは、出産して一年が経った頃です。

その夜、夫は出張で不在で、外は大雨で雷鳴が響き渡り、子どもはどうやっても泣き止《や》まず、私は普段からの睡眠不足でふらふらでした。

だから、幻だと思ったのです。

子どもを抱きながらあやして、ふと雨が当たる窓の外を見ると、理亜がいました。

私の部屋はマンションの十階なので、人が立っているはずがありません。

私の知っている理亜よりも、痩《や》せて、頬もこけて青白い顔をしています。

そのくせ、あの愛らしい笑みを浮かべたまま、こちらをじっと見ているのです。

それから私は、雷の夜は、部屋のカーテンを閉めて窓の外を見ないようにしているのですが、それでも視線を感じてしまう。

雷の間、息子は、泣きわめくのをやめません。


息子が三歳になったとき、家族で太宰府天満宮にお参りしました。こちらに戻ってきてから知ったのですが、祭神は京都の北野天満宮と同じ菅原道真《すがわらのみちざね》で、優秀で重要な役職に就いていた道真を、藤原《ふじわら》氏が疎ましく思い、無実の罪を着せられて大宰府に左遷されたのです。道真は無念のうちに亡くなり、死後に京都ではよくないことが起こり人が死に、人々は道真の祟《たた》りだとして祀《まつ》ったのが北野天満宮の始まりだとも祖母に聞きました。太宰府天満宮は、そんな道真の墓所の上に社殿を造ったものだそうです。

御所の清涼殿への落雷で人が亡くなったことにより、道真は雷神になったとも言われているのも知りました。

学問の神様は、怨霊だったのです。

真っ先に思い出したのは、理亜のことでした。

私の中に彼女を妬ましく思う気持ちがあったがゆえに、つい関係を持ったことを人に話してしまい、それがきっかけで理亜は表舞台から姿を消し、病んで死んでしまった。一度肌を合わせた女だからこそ、自分が相手にされない華やかな世界の舞台に彼女が立つことが許せなかった。

理亜は、相変わらず、雷の夜に現れます。

もう息子も大きくはなったのですが、相変わらず雷に脅え泣き続け、私はそんな息子を抱きしめて「大丈夫よ」と繰り返します。

その度に、理亜を思い出すのです。

窓の外で、じっと笑みを湛《たた》えたまま私を見つめている理亜を。

彼女は、どうして私の前に現れるのでしょうか。

恨んでいるのかとも思いましたが、それならばなぜあんなに優しげに微笑《ほほえ》んでいるのか、わかりません。

初めて肌を合わせた女が忘れられないのか。

いつまでも若く美しい自分に比べ、老いていく私を嗤《わら》っているのか。

憎まれるようなことをしたのは自覚していますけれど、それだけではないような気もします。

太宰府天満宮で夫と子どもと手を合わせたときから、私がこの地に戻ってきたのも、何かに引き寄せられたような気がしてならないと、ずっと考えていました。

子どもを妊娠して、出産してから、夫と全くセックスをしなくなりました。私は子育てに追われていたし、夫も私を求めようとはしません。もしかしたら、外で遊んでいるような気もしますが、私は見ぬふりをしています。

出産後に生理が再び来るようになってから、かつてのように人肌に触れたい、身体を求められたいという気持ちが蘇ってきて、夫をそれとなく誘ってみましたが、「疲れてるから」と、拒まれました。

けれど実のところ、私だとて夫にそこまで抱かれたいわけでもなかったのです。ただ、肌が寂しがっている。

そうなって思い出すのは、なぜかかつて寝た男たちではなく、理亜でした。

滑らかで白い肌、柔らかい頬、桃色の唇、潤んだ瞳で私をじっと見つめてくれて、私の指先の愛撫《あいぶ》に応え声を出しつづけ腰を浮かせた、理亜。

男にふれられたことのない、私だけしか知らない、白い液体が溢れそうになっていた、理亜の秘密の場所。

雷に脅え、縋りつくように私の胸の中にいた、理亜。

夫婦の営みが無くなってからは、理亜とのセックスを思い出し、私は自分の指で慰めるようになりました。

私の唇にふれられ、恥ずかしそうにしながらも声をあげていた理亜を思い出すと、身体の奥に灯《とも》された焔《ほのお》から小さな振動が生まれ、全身に広がっていきます。

もっと、いろんなことをしてあげて、悦《よろこ》ばせてあげたかった。

その夜も、夫は仕事が忙しいから会社に泊まると連絡があり、私は子どもを寝かせた隣で、指で自分の性器をなぞっていました。

理亜のことを、考えながら。

絶頂に達し、仰向《あおむ》けになったまま息を整えていると、いきなり激しい雨が降り、雷が鳴りはじめ、私は視線を感じて立ち上がり、衝動的にカーテンを開けました。

やっぱりそこには、理亜がいました。

じっとこちらを見て、微笑んでいます。

「理亜――」

私が窓を開けてふれようと手を伸ばすと、雨が刺すように私を濡らし、あっと言う間に窓の下の床が水浸しになります。

いつのまにか起きてきた子どもが泣きはじめ、私のスカートの裾をつかみ縋りつくので、私は我に返り、窓を閉めました。

濡れたまま子どもを抱きあげ外を見ると、理亜がさきほどまでの笑みを失い、悲しげな表情を浮かべています。

抱きしめて――。

そんなふうに理亜の唇が動いた気がしました。

ごりょうの森

初めて出会った、「大人の女」だった。それまでの自分の幼い恋の相手とは、違った。

心より身体《からだ》が、その女を欲しがった。絶対に手に入らない人なのに。

だからこそ、俺は、その女を許せなかったのだ。

馴染《なじ》みの居酒屋のカウンターに座り、ビールを注文すると、目の前に九条《くじょう》ネギと鴨《かも》を白みそで和《あ》えた突き出しが置かれた。

「ありがとう」と口にして、顔をあげ、高木《たかぎ》は、驚きのあまり息をするのを忘れた。

どうして、あの女が、ここにいるのか――。

「高木さん、この娘《こ》ね、先週から来てもらってるんよ。よろしく」

ふくよかな身体に割烹着《かっぽうぎ》を纏《まと》った女将《おかみ》が、そう言うと、女は「琴子《ことこ》です、よろしく」と口にした。

白いエプロンをつけた女は、肩まである髪の毛と、見ただけでわかる滑らかな肌を持つ女だった。

運ばれてきたビールを口にして、落ち着けと自分に言い聞かせる。あの女は、もうずいぶん昔に亡くなっているはずだ。生きていたとしてもこんなに若いわけがない。女は、今、五十歳の自分より十歳上だったが、目の前の女はどう見ても三十代だ。

「独身やから、高木さんの会社にええ人おったら、紹介してや」

女将がそう言うので、高木は無理やり笑おうとするが、どうも顔が引きつってしまう。

「高木さんはな、京都で三軒も飲食店を経営してる、えらい社長さんやのに、うちみたいな安い店に通ってくれんねん」

「懐かしい味なんだよ。女将の料理は」

そう言って、高木は動揺を隠しながら、牛スジの肉じゃがと、だしまき卵、アジフライを注文する。

カウンターが十席あるだけの、小さな店だった。出てくるものは、気取らない家庭料理ばかりだ。家で酒を飲むのを妻が好まないので、週に一度ひとりで通っている。高木にとって心安らぐ時間だった。経営者という立場上、会食の機会も多いが、気が抜けずに食と酒を楽しむことも難しい。

「琴子ちゃんか……名字は？」

女の正体を確かめようと問いかける。

「佐藤《さとう》です、佐藤琴子」

だったらあの女とは関係ないと、高木は気づかれないように安堵《あんど》のため息を吐《つ》く。

「でも、佐藤って父方の名字なんです。母の名字は、五月原《さつきばら》でした。ご存じですよね」

高木の全身の血が、冷たくなっていった気がした。

「高木さんに、まさかこんなふうに会えるとは思いませんでした。もしよろしかったら、お店が終わったら、外でこっそり――」

女将が奥に物を取りに行った瞬間に、小声で女はそう口にした。

笑みを浮かべたその顔は、まごうことなき、あの女のものだった。

高木は頷《うなず》くことしかできなかった。

高木幸次郎《こうじろう》は京都で料理屋を営《いとな》む父の一人息子として生まれた。今でこそ不動産などもだいぶ手放したが、子どもの頃は、お手伝いさんもいる大きな家で恵まれた生活をしていた。やり手の父は、ほとんど家に帰ってくることなく、可愛《かわい》がられた記憶もない。その分、母親に懐《なつ》いていた。

中学校から大学まで一貫教育の私立に通ったが、勉強は好きではなかった。父親の跡を継ぐことが決まっていたので、遊んで過ごしていた。特別見栄えが良いわけではなかったが、育ちのよさなのか、高校、大学と常に彼女はいた。

卒業して、当時、父が経営していたレストランに就職した。そこで支配人として働いていたのが、五月原美也《みや》だった。

地味な顔立ちではあったが、美しく白い肌の美也に、高木は惹《ひ》かれていった。十歳上の女なんて恋愛対象外だと思っていたのに、品の有る佇《たたず》まいと、それでいて気さくで愛らしく、けれど仕事に対しては厳しい美也と毎日のように顔を合わせるうちに、今まで交際してきた若い女にはない色艶に魅せられていた。

けれど、本気で好きだったつもりはないと当時は思っていたし、恋人だって他にいた。

それなのに、他の従業員が更衣室で、美也が社長である自分の父の愛人だと話しているのを耳にしてしまったときは、衝撃を受けた。

美也が、その翌々日に、珍しく気分が悪いと横になって休んでいる際に様子を見に行くと、「実は、妊娠してるの。もう私も三十代だからどうしてももうひとり産みたくて」と言われた。

父の子なのか——と問いかけたい衝動にかられるのを必死で抑える。

「私、一度離婚してて、娘がいるけど、別れた夫のところで暮らしてる。子どもは可愛くってね、これが最後のチャンスかもしれないし……迷惑かけるかもしれないけれど」

そう口にした美也の表情が、今まで見たことないほどに気弱そうで、高木は思わず抱きしめてしまいたい衝動にかられた。

同時に怒りもこみ上げていた。父親に対しても、美也に対しても——。

父を問いただすと、「俺は美也を愛してる。お前には悪いが、妻と離婚してもいい」と返された。

父親の思いどおりにさせてたまるかと、高木は母に、美也が妊娠して父は離婚も考えていると告げると、母は予想以上に怒り狂った。

美也を訴える、離婚は絶対にしないと言い出して、弁護士を立てる騒ぎになった。

結局、美也は身重のまま、京都を去って実家のある熊本に帰った。のちに美也が熊本で流産し、体調を崩したまま亡くなったと聞いたときは、胸が痛んだ。不倫の子を妊娠していることを恥じた両親との確執から、実家を出て安いアパートにひとり暮らし、生活費を稼ぐために無理をして働いて身体に負担がかかっていたから流産したことも、あとで知った。

美也の死は自分のせいかもしれないと、苦しくなった。

それでも時間が経《た》ち、忘れかけていたはずなのに。

父と母の間には大きな溝が出来て、父は全く家に帰らなくなり、五年前に大病を患《わずら》って半年後に亡くなり、高木が社長になった。母は父が死んだあと、急激に弱り施設に入ったままだ。

高木は三十歳のときに、友人の紹介で知り合った同い年の女と結婚し、子どもがふたり生まれた。母の怒りと嫉妬の凄《すさ》まじさを目の当《ま》たりにしたせいか、いたって真面目《まじめ》な家庭人として暮らしている。

「いきなり、驚かれたでしょうね。ごめんなさい」

さきほどの居酒屋で告げられた、待ち合わせのバーに来た琴子は、席につくなりそう言った。

「でもほんまに偶然なんです。あのお店で働きだして、女将さんから高木さんが常連だって聞いて……これも縁なんかなって思いました」

琴子は、やはり美也の娘だった。両親の離婚ののち父と祖父母のもとで育ったが、母とは仲がよく、しょっちゅう行き来もしていたという。

「大学出て、就職して結婚したんやけど、夫が女を作って去年離婚したんです。ほんまは早いうちからうまくいってへんかったけど、子どもが欲しいから目を背けてたので、結果的には夫から言い出してくれてよかったのかもしれません。でも、ひとりになって私、手に職もないし、若くもないし……父も三年前に亡くなって、頼る人もいません。昼間は通販のコールセンターで働いて、夜もなんかせなと考えて、そしたらあの店にバイト募集の張り紙を見つけたんです」

そういえば、女将が前に働いていた女が結婚して辞めて、人を探しているのだとは聞いていた。

「でも、まさか――高木さんにお会いできるとは思いませんでした」

運ばれてきたスカイブルー色の酒を琴子が掲げる。

「乾杯って、変ですかね。もちろん、高木さんからしたら、私は面白い存在やないのは承知ですが……」

「いや、乾杯しよう」

そうしてふたりはグラスを鳴らした。

色白の肌、肩の上で切りそろえた髪の毛、切れ長の目——やはり、美也にそっくりだ。

まるで乗り移っているかのように、声までも似ている。

「私が名乗ってしまったことで、不快にさせてしまったら本当にごめんなさい。ただ、私、もう血のつながりのある人がいなくて、離婚もして、母とご縁があった高木さんがあの店に来られてるの知って、嬉《うれ》しくなったんです。寂しい生活してるから……」

ふと見せる憂いを帯びた表情も、美也を思い出さずにはいられない。

「もう、すべて昔の話ですよ。僕の父も亡くなった、母は父が死んでから魂が抜けたように弱くなりました。……美也さんには、お世話になっておいて、申し訳ないことをしたと、こちらのほうこそ思っています」

「気になさらないでください。母は、あなたの話をよくしてくれました。若くて、頼りなさそうに見えるけれど、芯がある。社長の息子だけど、女の私の言うことをよく聞いてくれて、偉そうにしないところがいいって」

「そうだったのですか。美也さんが、僕の話を」

「母が九州に戻ってからも、連絡は取り合っていたのですが、あなたを傷つけてしまって申し訳ないって言ってました。すべて自分が悪いのだ、と」

高木は言葉に詰まった。そんなふうに気にしてくれていたなどと、考えたこともなかった。あの頃は、とにかく自分が惹かれていた女が父の愛人で、子を宿したことが許せなかったのだ。今なら、妻の他に女がいることぐらい、よくある話だと気にもしないのに。自分だとて、実のところ、女と遊んだことぐらい何度もある。

妻は子どもを産んでからは自分の相手をするのが億劫《おっくう》そうだった。もう十年ほど、妻とは寝てはいない。東京出張の際に、風俗店で遊んだのが女にふれた最後で、それも半年前だ。自分ですることはあるけれど、もともと性欲が強いほうではないし、女と関わるのが面倒ではあった。

けれど――さきほどから目の前にいる女の、薄い紫のニットのセーターの下にある豊かな胸の膨らみと、デコルテの白さが、身体の奥に眠っていたはずの欲望の芯を刺激しているのには気がついていた。

あの頃、ずっと美也に欲情して、それを隠して接するのに必死だった。

好きになってはいけない、抱いてはいけない女だった。

それでも、本当はずっと美也に焦《こ》がれていた。

そして美也にそっくりの女が、目の前にいる。

首筋に唇をつけて舌を押し当てると、女の身体がぶるぶるっと震えた。

「あぁ……」

感じやすい女だとは、最初から思っていた。まだ服を脱がず、キスをしただけで、頬《ほお》と耳が赤く染まっていたからだ。

部屋に入り、抱きしめた瞬間に、俺はずっとこの瞬間を待っていたのだとわかった。

「高木さん――私、会えない日もずっとあなたのこと考えていて」

「もしかして、自分でしてる？」

「恥ずかしいけど……」

そう口にして頷いた琴子が、ひどくいじらしくて、高木は今度は琴子の耳たぶを唇で挟んだ。

「可愛い」

「もう、可愛いなんて年やないのに」

「琴子は、可愛いよ」

琴子の顔を眺めながら、高木は潤いを確かめるために、琴子の繁《しげ》みに指を這《は》わせた。いつものとおり、そこはじゅうぶんに潤い、生暖かい粘液が指に絡みつく。濡《ぬ》れやすい女だと最初に驚いたが、琴子に言わせると、「誰にでもってわけやない」らしい。

それにしても、まさかこんなことになるとは――。

琴子とバーで飲んだ夜は、まっすぐ家に帰ったが、自分の中にかつて好きだった美也の姿そのものの女への欲情の芽生えは自覚していた。けれど、だからこそ一線は越えてはいけないと思っていたのに。

琴子から、今度は私が知っているいい店を紹介しますと誘われて、地下鉄の鞍馬《くらま》口《ぐち》駅近くのイタリアンで食事をしたあと、「うち、この近くなんです。もう一杯、飲みませんか」と潤んだ瞳で言われ、そのまま足を踏みいれてしまった。

抗《あらが》えないのは、わかっていた。最初にこの女に会ったときに、抱きたくて仕方がなかったのだから。五十歳の自分が、そんなふうに強く惹かれるのにも戸惑ったが、心より身体がいうことを聞かなかった。

まるで二十代の若い男のようだ――美也と一緒に働いていた頃の自分に戻ったようだった。あの頃は、同世代の恋人はいたけれど、年上の美也に焦がれ、欲情を必死に隠して接していた。あの頃、自分がため込んだ美也への思慕が蘇《よみがえ》り、我慢できずに溢《あふ》れてしまったかのようだった。

琴子の部屋はマンションの二階の一室だったが、古いから家賃は安いと言っていた。部屋では酒を飲むこともなく、ふたりきりになった瞬間、どちらからともなく唇を寄せ合っていた。

シャワーも浴びず、抱き合ったままベッドに倒れこみ、唇を合わせながら、もがきながらお互い服を脱いだ。愛撫《あいぶ》もそこそこだったが、琴子は十分に濡れていて、お互いの性器がつながった瞬間、あまりの心地《ここち》よさに、高木は「あー」と、声を出してしまった。

こんなふうに、お互いが欲しくてたまらないと思えるセックスなんて、何年ぶりだろう――。

琴子に申し訳なくなるほど早く果ててしまったのは、気持ちがよくて我慢できなかったからだ。琴子の粘膜に包み込まれ、自分の意志ではどうにもできなくなるほど昂《たかぶ》ってしまった。それだけではなく、合わせた肌が水に溶けてしみ込むようで離れがたかった。

琴子は「若い頃はもっと痩《や》せてたのに」と気にするが、ほどよく脂肪がつき柔らかく、どこを触っても手のひらが吸い付くような感触がある。肌が合うとは、こういうことなのかと高木はその後、何度も琴子の身体を思い出した。

そうなるともう止まらず、一週間に一度は琴子の部屋を訪ねるようになってしまい、三ヶ月が過ぎた。セックスを重ねるほどに、お互いの気持ちのいい場所を探り当てるほどの余裕は出来たが、会えないときも琴子が欲しくて、つい考えてしまっていた。

まさか自分が五十歳という年で、こんなふうに女の身体に夢中になってしまうなんて――。

家や会社ではいつものとおり振舞っているつもりだったが、うしろめたさは常にあった。今まで妻以外の女と寝ても、引きずった経験は皆無だったのだから。

高木は琴子の粘膜に添えた指をぬめりに引きずられるように動かす。

「高木さんにさわられると、気持ちがいい」

「でも、自分でもするんだろ」

「全然違う――」

首筋を紅に染めて腰を浮かせる琴子が愛《いと》おしくて、高木は身体をずらし、琴子の両脚を開かせる。

「濡れて、光ってる」

「やだ」

「見られると気持ちがいいくせに」

「それは、高木さんだから、高木さんに見られると――」

琴子がすべて言い終わる前に、高木は女のぬめりに顔を埋める。酸味と甘みの入り混じった、腐りかけの果実のような匂いに支配される。

琴子のその部分は、高木から向かって左の襞《ひだ》が大きめで、かぶさるように右の襞と裂け目を覆っている。そこを舌で開かせて、縦の筋に沿って舐《な》めあげる。

「ぁあっ！」

外に声が漏れぬようにと、琴子は口を自分で塞《ふさ》ぐが、それでも漏《も》れてしまうようだった。ラブホテルのほうがぞんぶんに声も出せるだろうと二度ほど行ったが、琴子があまりそういう場所は好きではないようで、家で会うことが多かった。

腰を浮かして感じる琴子が愛おしくて、もっと気持ちよくしてやろうと高木は裂け目の先端を唇で含む。

「あ――」

琴子はもう手で口を塞ぐのも忘れたのか、部屋に響き渡るような声をあげた。

「恥ずかしい」

「なんで」

「感じすぎて、恥ずかしいの」

「嬉しいよ」

琴子はもう力が入らないのか、息も絶え絶えで、目を閉じている。

「来て――」

「いいのか」

「もう、我慢できない」

それはこっちの台詞《せりふ》だと思いながら、高木は身体を浮かし、覆いかぶさる。

琴子のものを舐めるだけで、高木のペニスは手を添えずとも硬くそそり立ち、ずぶずぶとたやすく粘膜の奥に吸い込まれていく。

「ぁあ……いい」

どちらともなく、声を発した。避妊具をつけないのは、琴子が「ピル飲んでるから大丈夫」と、最初に言ったからだ。直接性器が触れ合い、生の粘膜がこすれ合う。

腰を動かす度に、くちゅくちゅと音が漏れる。琴子の内側から溢れる粘液がペニスに絡みついているのがわかる。

「気持ちいいか」

「うん、すごくいい」

高木は自分の下にいる琴子の顔を見て、幸福とはこういうものかと感じている。今まで恋愛だってしてきたはずだし、妻もいる。けれど、セックスそのもので、こんなに一体感を感じて幸せだと思ったのは、初めてかもしれない。

ただ、どうしても考えずにいられないのだ。

琴子は、自分の記憶の中にある美也とそっくりだ。勝手に記憶がすり替わってしまっている気もするが、あの頃の美也を抱いているような気がしてならず、琴子に申し訳ないと罪悪感を抱いている。

そして、父も美也をこんなふうに愛おしんでいたのかとも、よぎってしまう。昔はそうではなかったが、四十半《なか》ばを過ぎた頃から、皆に父に似てきたと言われるようになった。少しボケはじめている母に、父の名前で呼ばれたこともある。

父とは仲が良い親子ではなく、特に美也の件は、ずっとお互いの中のわだかまりとして存在した。会社の経営者と後継ぎという間柄で、ビジネスライクに接してはいたけれど、結局腹を割って話す機会もないまま、父は亡くなった。

あの父が、母と離婚しようと考えるほど美也を愛していた、それぐらい好きだった女との仲を自分は引き裂いてしまったのだと、父に対して申し訳ないと思えるようになったのは、父が病気になってからだ。若い頃は、ただただ許せないと、それしか考えられなかった。

　別れることにより、美也は仕事を辞め、流産し、弱って亡くなってしまった。美也がそんな死に方をしてしまったのは、父と別れたからだというのは、間違いない。自分がひとりの女の人生を狂わせてしまったのだという罪の意識は、常にあった。そして、美也そっくりの女——美也の娘の琴子が目の前に現れ、自分の罪以上に、美也への思慕と欲情が蘇ってしまって、抱かずにはいられなかった。

「高木さん——好き」

　つながりながら、琴子は高木の背に両手をまわし、ぎゅっぎゅっと抱き寄せるように力を込める。本当に自分のことを求めてくれるのだと思うと、琴子が愛おしくてたまらず、身体の芯から溢れるものを感じた。

「ごめん、出そうだ——」

　高木がそう口にすると、琴子は手の力を強め、「私も欲しい——高木さんの」と、泣きそうな声で言った。

「ぁあ——っ！　いくっ」

高木は琴子の首筋に顔を埋め、こみあげるものに任せて腰を激しく打ち立てる。

「こんなところに神社があったのか」

高木は、琴子と一緒に門をくぐり、そう言った。

社《やしろ》の背後に、まるで森のように、木が茂っている。

昨晩、高木は琴子の中で果てたあと、眠ってしまった。目が覚めたら日付を過ぎていて慌てたが、どうせ妻は先に寝てしまって、自分を待ってもいないだろうから、慌てることもないと決めた。友人と飲んで、そのまま友人宅へ泊まったと言えばいい。過去にも何度か、そういうことはあったので、妻も疑わないだろう。

早朝に、高木が琴子の部屋を出ようとすると「少しだけ散歩せぇへん」と、琴子も起き出した。すっぴんで髪の毛をうしろにまとめた姿だが、それでも愛らしい。

琴子に「ここ知ってる？」と連れられてきたのが、神社だった。

「上御霊《かみごりょう》神社や」

「聞いたことはあるけど、こんなところにあったのか」

「観光で来るようなところやないしね、でもええとこやで。御霊神社ともいうんやて」

確かに朝だというのもあるせいか、空気がひときわ澄んでいるような気がして、高木は思いっきり深呼吸をする。

「八人の神様を祀《まつ》っていて、女の人もおるんよ、井上内親王《いのえないしんのう》とか」

「知らないな。そもそもどういう神社だ」

「無実の罪を着せられて無念の死を遂げた人たち──怨霊になって祟《たた》る霊を鎮めようと」

怨霊という言葉で、背筋に冷たいものが走ったのは、朝の冷気のせいだろうか。

「昔はもっと社を囲む木々は鬱蒼《うっそう》としてて、『御霊の森』って言われとったんやて。そやけど、緑が多いて、ほんま空気がきれいで、ええところやろ。怨霊っていうと、ドロドロしたもんを連想するけれど、ここにはそういう感じはないなぁ」

琴子は空を見上げながら、そう言った。

応えるように、木々が揺れたように見えた。

いったん自宅に戻り、用意していた言い訳を伝えても、妻は気にしている様子も無さそうだった。

会社には昼から行くことにして、高木は少し仮眠しようと自宅のベッドに横たわった。スマホを取り出し、ふと気になった上御霊神社を検索する。

女の人もいる――井上内親王――琴子の言葉が、気になった。いったいどんな女で、どんな罪で無念の死を遂げたのかと、その名前を検索した。

井上内親王――平安京を造営した桓武《かんむ》天皇の父である光仁《こうにん》天皇の皇后で、父親は聖武《しょうむ》天皇。光仁天皇との間の他戸《おさべ》親王は皇太子となるが、あるとき光仁天皇を呪詛《じゅそ》したとして皇后を廃された。その翌年にも天皇の姉を呪詛したと他戸親王と共に奈良の五條《ごじょう》に幽閉され、二年後、同じ日に母子ともども亡くなった――他戸親王の代わりに皇太子となったのが、別の后の息子である山部《やまべ》王子――のちの桓武天皇だ。

この事件は山部王子の背後にいた藤原《ふじわら》氏たちの陰謀とみる説もあると、書いてあった。

同じ日に親子が死んでいるのは、どう考えても病死ではなく殺されたと見るべきだろう。まさに、無実の罪を着せられた悲劇の女だ。

また後世に残る物語には、光仁天皇が井上内親王と賭け事をして、「自分が勝ったら后に絶世の美女を紹介してもらおう。自分が負けたら后に若く逞《たくま》しい男性を与えよう」と言い、内親王が勝ったので山部王子を差し出すと、彼女が若い王子に夢中になってしまったというのもあるらしい。

ふと、そのとき、美也の顔が浮かんだ。

まるで、これは父と美也、そして自分自身の話のようではないか。ふたりの間に子どもができ、美也を思慕した自分が、母に告げてふたりを引き離し、美也は子どもと共に亡くなった。

なぜ、わざわざ八人いる祭神のうち、井上内親王の名前だけを琴子は自分に告げたのか——いや、まさか、そこまで勘繰らずともよいだろうと、高木は美也の面影を振り払う。


「あなた、またお泊まりですか」

早朝に家に戻ると、妻がリビングのソファーに座り、声をかけてきた。

「起きてたのか」

最初に琴子の家に泊まってから、二ヶ月が過ぎたが、ついつい居心地が良くもあり、何度か早朝に帰ることが増えてしまった。いけないとは思っているが、琴子と離れがたいのだ。

「昨夜、子どものことで話があったから、待ってたんですよ。メッセージを送っても返事がないし、会社は早くに出たって言われて」

「酒井《さかい》と飲んでて、そのままあいつの家に泊まったんだよ」

「酒井さんの奥さん、一昨日、河原町《かわらまち》のホテルのラウンジでお茶してるときにばったり会ったのよ。いつも夫がお世話になってすいません、泊まるの迷惑でしょって言ったら、いいえ、最近は顔を見ませんよって不思議そうな顔をされて、恥かいちゃったわよ」

指先から冷たいものが全身にまわるが、しらを切りとおすつもりで高木はスーツのまま冷蔵庫からミネラルウォーターを取り出して口につける。

「いいんですよ。男の人は、いろいろあるでしょうね。私も、いい生活させてもらってるから、寛容なつもりです」

妻の声は、言葉とうらはらに低く響く。

「ただ、よそに子どもを作るとかは、絶対にやめてね。子どもたちの将来もあるから、私も感情的になったりはしないようにします。分別はつけてください」

そう言い放つと、妻はソファーから立ち上がり、高木を一瞥《いちべつ》して台所に向かった。子どもの朝食を作るつもりなのだろう。

高木は寝室に入り、脱いだスーツとシャツをハンガーにかける。

もう自分と妻の間には、夫婦という関係性だけで、情愛のようなものはないのだと改めて気づかされる。

それでも、妻は別れる気などはないはずだ。自分だとて、子どもは可愛いし、波風を立てる気もない。

琴子のことは愛してはいるが、自分はもう若くなく、いつまでも肉体を求めあうことができるのか、自信はない。琴子だって、いつかもっと若くて魅力的な男が現れたら、自分を捨てるに違いない。

俺はこれからの人生、ただ妻と子どもを食わせて生活をさせるために生きていかなければいけないのか――そう考えると、虚《むな》しさがこみ上げてくる。

そしてふと、父のことを思い出した。

父は母と別れ、美也と結婚し、美也との間の子どもを育て――あのとき、人生をやり直そうとしていたのではないか。たかが恋愛、たかがセックス、たかが女――そう言われてもしょうがないけれど、自分の人生を生きるために、それらが必要なときもあるのだ。

けれど、自分には父のような勇気はない。

ずるい、身勝手だとは承知しているけれど、できない。

「舐めて――」

そう言いながら、琴子は高木の顔の上にまたがってくる。

「私も、するから」

舌の先端をくるくるとまわすようにペニスにふれさせたあと、呑《の》み込む勢いで琴子は肉の棒を喉《のど》の奥に入れる。

負けじと高木は自分の目の前にある琴子の淫らな花びらを唇で吸い上げる。

唸《うな》りながらも、琴子はペニスに食らいついたまま、離れない。お互いがお互いの性器を舐め合い、ぴちゃぴちゃと音をさせている。

まるで獣《けもの》のようだ――いや、獣だとてこんな格好はしない。どれだけ人間という生き物は性に貪欲なのだろう。人には絶対に見せられない、恥ずかしい格好を、昼間の太陽の光の下でしている自分は、すっかり溺《おぼ》れているのだろう。

妻に気づかれたのち、夜に琴子の家に泊まることができなくなったので、その代わりに、理由をつけて午後に会社を抜け出し、琴子の部屋に来たのだ。関係を断つことは、できなかった。

琴子とセックスするようになって、自分は男として生き返った。五十歳になり、やっと手にした人生の楽しみだった。

きっと傍《はた》から見たら、ありふれた不倫かもしれないけれど、琴子とのセックスは魂を蘇らせる行為で、どうしても失いたくないものだ。

「高木さんの、美味《おい》しい」

琴子が一瞬だけ唇を離して、そう言った。ペニスを自ら欲しがってくれる琴子が、愛おしい。セックスの相性というのは、双方が同じ形の欲望で欲し合うことができる関係だと、琴子に出会ってわかった。

「ここも、愛らしい」

高木は舌を伸ばし、目の前にある琴子の小さな菊の花に似た穴にふれる。

「そこは――いやっ――汚い」

「琴子の身体に、汚いところなんてない」

本音だった。琴子以外の女には、こんなことはできない。

羞恥《しゅうち》のせいか、菊の花がぴくぴくと呼吸をしているように動いた。

「いやっ――もう」

「欲しいのか」

琴子の答えを待つまでに、高木は身体を起こす。それまで上になっていた琴子を仰向《あおむ》けに寝かせ、覆いかぶさる。

琴子の口で十分に愛撫されたペニスは、吸い込まれるように襞の奥へと突き進んでいく。簡単に入ってしまうのは、ふたりの身体が馴染んでいるからだ。

「琴子」

「高木さん――」

腰を突き出すように動かし、ふと見下ろすと口を半開きにして、頬を赤らめ、目を潤わせながら、自分を見つめる琴子の顔があった。

美也――。

口には絶対に出さないけれど、ときどきその名を思い浮かべずには、いられない。琴子という女は、実際に存在するのだろうか。ここにいるのは、美也ではないか――と何度も考えた。

身体を重ね馴染むほどに、自分の記憶の中の美也と琴子が、同じ女のように思えてしょうがないのだ。あの頃、何度も美也の裸を想像し、妄想の中で交わることを繰り返し、自慰をした。

今、自分の手の中にいる琴子という女は、かつて想像の中で抱きあった女と、身体も反応も一致している。

もし、琴子がある日、突然自分の目の前から消えてしまったら――夢だったのではないかと思うかもしれない。美也と父を引き裂いて、命を絶えさせてしまった罪悪感が見せた夢だと。

そして、年をとるごとに父に似てくる自分に、美也が会いに来たのではないか――。

いや、確かに琴子という女は生きて、こんなにも感じて体温を伝えているではないかと、高木は美也の面影を振り払おうとするが、抱いて愛おしむほどに美也の存在は強くなるのだ。

親父《おやじ》と一緒になれなかったから、息子の俺と――そうも考えたことがある。

「琴子、愛してるよ」

目の前の女だけを見つめようと、高木は名前を口にした。

「嬉しい、私も」

琴子が手を伸ばし、抱き寄せるように高木の背中に手を回す。

ぎゅうぎゅうと、琴子の襞が男の肉を締めつける感触があった。

「ああ……気持ちいいよ、琴子」

「私も――ひとつにつながってる」

琴子の泣きそうな声が、部屋中に響く。

愛しているという気持ちは、嘘《うそ》ではない。こんなにも、愛おしい。

一緒にはなれないけれど、せめて抱き合うときだけは全力で想《おも》いを伝えよう——

高木は琴子の唇から泳ぐ舌を吸いながら、腰の動きを速める。

「高木さん——幸次郎さん」

琴子が顎《あご》を反《そ》らし、身体が小刻みに震えはじめる。肉の襞の締めつけが奥へと引きずり込もうとするように強くなる。

「だめだ——」

もうすぐにでも溢れてしまいそうだった。

「私の中に——全部、欲しい——お願い」

高木が薄目を開けると、琴子は涙を溢れさせていた。

泣いて自分を求めるその姿が、あまりにも健気《けなげ》で堰《せき》が切れ、大きく咆哮《ほうこう》をあげて、高木は琴子の中に望みどおりにすべてを注ぎ込んだ。


「帰るんや」

琴子が、ベッドを出ようとした高木の手を握り、そう言った。

いつのまにか窓の外が朱《あか》くなり、闇の訪れを待ち受けていた。果てたあと、少し眠ってしまっていたようだった。

「いったん会社に戻らなきゃ」

そう口にはしたが、琴子の手を振り払うことはできない。

「もう少しだけ」

琴子が母を乞う子どものような目をするので、高木は身体を戻し、琴子の瞼《まぶた》に口をつけた。

いつだって、離れがたいのは、自分だとて同じだ。けれど、ずっとここにいるわけにはいかないのは、琴子も承知しているだろう。

さきほど自分の体液をぬぐい取ったティッシュの塊を捨てたベッドの隣のゴミ箱に、ふと高木は目をやった。

小さな粒が連なった薬のシートが捨ててあった。

「本当は、あなたが帰ると、寂しくてたまらない日もあるんです。困らせるから、いつも我慢してるけど」

「ごめん」

そう口にしながら、高木は捨ててあった薬が気になって仕方がない。

あれは、低用量ピルではないか。

妻が一時期、生理前の不調がひどいからと口にしていた。毎日、決まった時間に飲まないといけないからめんどくさいと言いながら。

最初に琴子と寝たときに、ピルを飲んでいるからと言われて、安心していた。だから望まれるままに、そのまま射精していたのだ。けれど、どうして捨ててあるのか。

問い詰めるべきかと、言葉を探っているうちに、夕闇が訪れ部屋が薄暗くなりはじめた。

琴子は高木の胸に顔を埋めたままだ。

「母は——本気であなたのお父さんを愛していたから、身を引いたんです。でも、そうやって自分を殺して恋心を犠牲にしたから、体に宿っていた子どもも、自分自身の魂も殺してしまった」

琴子は話し続ける。

やっぱりこの声は、美也の声だ。

「私は母のようにはなりたくない」

琴子は既に柔らかくなった高木のペニスを包み込むように握ってきた。

その手は驚くほど冷たい。

ピルを飲んでいるかどうかなんて、いくらでも嘘は吐ける。自分は琴子を信用して、言われるがままに身体の中に射精していたけれど――。

「私のこと、愛してるって、言いましたよね」

琴子が顔をあげる。

艶のある薄桃色の唇が、笑みを湛《たた》えている。

美也――。

いや、そんなはずはないと思いたかったが、ここにいるのはかつて自分が焦がれ、父の愛人だった美也以外の何者でもない。

「離さへんから」

そう言いながら指を動かす琴子の手の中で、自分のペニスが硬さを蘇らせるのを高木は感じていた。

逃げないといけないのに、逃げたいはずなのに――。

高木の脳裏に、琴子と一緒に見た上御霊神社の、御霊の森の暗い木々が揺れる光景が、ふいに浮かぶ。

朝方で、空は晴れ渡っていたのに、森の木々だけはどうしてあんなにも暗かったのだろう。そして自分たちを嘲笑《あざわら》うかのように、音を立てて揺れていた。

瞼を閉じると、森に呑まれていく自分の姿が見えた。
吸い込まれるように暗い森の中に立ち入り、消えていく自分が、確かにそこにいた。
早く、琴子の手を振り払い、帰らないといけないのに、それができない。
「今度は、私を捨てたら、許さへんで」
琴子が自分の上に覆いかぶさってくる。
重なった女の身体から、もうひとつ鼓動を感じたような気がした。
薄目をあけると、そこにある顔は、やはり死んだはずの美也にしか見えなかった。

ぼたん寺

ここまで来て何を言っているのだ、往生際が悪いと言う代わりに、香夜子《かよこ》は、自分から男の口を吸い、唇をこじ開け舌を入れた。男は躊躇《ためら》いを残しながらもそれに応え、香夜子の背に手を回す。

単身赴任で京都に来た男に妻子があるのは知っていた。香夜子が営む小料理屋に、最初に足を踏みいれたときから、欲情を湛《たた》えた視線をときどき投げかけてくるので、他に客のいない夜に誘うと、簡単に香夜子の家までついてきた。

香夜子が住むのは、長岡京市《ながおかきょう》という、京都に都が出来る前に短い間、都があった町だ。ＪＲも阪急電車もあって大阪にも京都にも行きやすく便利で住みやすい。長岡天満宮、牡丹《ぼたん》で知られる乙訓寺《おとくにでら》などがあり、ほどよく自然も残るのどかな街だ。香夜子はそこで、小さな店を営んでいた。

かつては女優を志しながら祇園《ぎおん》のクラブで働いていた香夜子は、四十五歳の今だからこそ、年齢を、熟した色気と媚《こ》びという武器に変える術《すべ》を熟知している。

「本当に、いいの？」

「女将《おかみ》、ほんと綺麗《きれい》だね。俺、年上の人って駄目だと思ってたけれど、女将に会って女に年齢は関係ないと思った」と、慣れぬ手つきで香夜子のワンピースを脱がそうとしている男が、最初に店に来たときに口にした。女に年齢が関係ないのではなく、若くない女だからこその色香もあるのだと言い返したくなったが、そこは見せつけてやればいいと、男を誘うことを決めた。

玄関を入ってすぐ右手にある六畳の部屋には年季の入ったセミダブルのベッドがある。電燈は付けずとも窓からの月と街灯の光で十分だ。さすがに初めて寝る自分より若い男の前で、明るい光を浴びる勇気はなかった。

男も自ら下着を脱ぎ、意を決したように香夜子を抱き寄せ、乳房をまさぐる。若い頃は細身の身体《からだ》に豊満な乳房は不似合いだったが、年を取り全体に肉がついてバランスが良くなったと自分では思っていた。「いい身体だ」と、男は嬉《うれ》しげに香夜子の身体に指を這《は》わす。

香夜子は男を引きずり込むようにベッドに横たわり、手を男の股間にふれると、そこは既に硬くなっていた。細身の男だったが、予想外にそれは大きく勢いもある。「大きい」と口にすると、男は得意げに「そうでもないよ。でもよく言われる」と言った。香夜子は男を仰向《あおむ》けにして、身体をずらす。「え、いきなりしてくれるの」

と、驚く男の声を封じ込めるように、大きく口を開け、まず肉の棒の先端の笠《かさ》の部分を唇で含む。歯を立てぬように気をつけ舌を伸ばし、笠の内側をなぞる。

「あっ」

男が声を立て、身体をピクリと動かした。香夜子が男の冷たい尻の裏に左手を差し込むと、きゅうっと力が入っているのが伝わってくる。いったん口を離し、舌先で鈴口のしょっぱい液体をすすりとったあと、呑《の》み込むように男の肉に食らいつく。唾液を溢《あふ》れさせ、じゅるじゅると音を立てながら、口の粘膜で男に縋《すが》りつくように上下に動かす。手も遊ばせてはいない。左手は男の尻にふれたまま、右手は口の動きに合わすように親指と人差し指で輪を作り動かす。

「うわぁ……なんだこれ……すごい」

男が泣きそうな声をあげる。五つ年下の妻との間には子どもがふたりいるが、もう何年もセックスレスだとは店で話していた。子育てに夢中な妻に拒否された、そのくせ妻は束縛がきつく、遊ぶのも大変で、単身赴任になってホッとしているのだと。この様子では、ずいぶんと女と寝ていないのだろう。

「俺ばかり、申し訳ないけど……気持ちがいい……こんなのはじめてだ」

香夜子は、ホステスをしていたときに何人かパトロンの男がいて、その中には性の遊びに長《た》け、若い女に技術を教えるのを好む男もいた。金と地位のある男のセックスは、欲望の排泄《はいせつ》以上に娯楽の意味合いが強い。そういう男と寝てきたおかげで、男を興奮させ悦《よろこ》ばし、射精させる術にはそこらの女よりは優れているという自負はある。

「だめだぁ……出ちゃうよ」

男の声で、香夜子は我に返り、手を緩める。

「まだ、出したら、あかん」

「そうだね、俺のほうも香夜子さんを悦ばせないと」

男は自分の身体を起こし、押し倒すように香夜子を仰向けにして、両脚の狭間《はざま》に身体を置く。両手で香夜子の両足首を持ち、高く掲げる。

「ここ、見たかったんだよ」

「いや……」

演技ではなく、香夜子は羞恥《しゅうち》で顔を背ける。女のその部分は、美しいものではないと思っているから、いつでも見られるのは恥ずかしい。そのくせ視線を浴びる度に、内側からどくんどくんと溢れてくるものがあるのも知っている。灯を消しているとはいえ、顔を近づけると形ははっきりとわかるだろう。

「きちんと処理してるね、さすがだ。おかげでよく見える、きれいな——だ」

男が卑猥《ひわい》な言葉を口にした。香夜子は意外だった。もっとされるがままの男だと思っていたのだが、こうして言葉で女を責めるのも好きらしい。

「僕から見て、右側のほうが厚みがあるね。その上にあるクリトリスは大きめで、もうすっかり剝《む》き出しになってる」

男の指がぬるりと自分の中に入ってくる感触があった。

「しゃぶったから濡《ぬ》れたの？　あたたかいのが俺の指に絡みついてくる。本当に男好きなんだね」

その通りだ。自分は男が好きで、男とのセックスも好きで、男がいないと生きている気がしない。だからこうして、ときどき男を自分から誘いもする。おそらく死ぬまで、そうなのだろう。だから今も、好きでもない男なのに、興奮している。

「口で女将のここ、味わいたい」

男はそう言って、かぶりつくように唇を香夜子のその部分に押し付けた。今度は香夜子の腰が浮く番だ。

「ぁあ——」

思わず、声が出てしまう。きっと隣の部屋にまで聞こえてしまうだろう。男は舌で香夜子の襞《ひだ》をかき回す。荒いやり方だったが、嫌いではない。いったん口を離すと、男の舌先が香夜子の露《あら》わになった快楽の芯にふれ、弾《はじ》く。ふれて、離すことを繰り返されたら、身体の奥から震えが来た。

「もう……あかん……欲しい……」

「感じてくれて、嬉しいよ。俺も、もう我慢できない」

男はそう言って、身体を起こし、自らの肉の棒に手を添える。

「久しぶりだから、早かったらごめん」

男はそう口にするが、延々とされ続けるよりは早いほうがいい。自分が欲しいのは、瞬間の快楽なのだ。男とひとつになるその瞬間に燃えられればそれでいい。年を取り粘膜が弱くなったのか、長くやるとあとで痛みが走るようになった。早い男のほうが、都合がいい。

男が香夜子の身体に覆いかぶさって、唇を合わす。そのまま香夜子のぬるい水で覆われた粘膜に堅いものが当たる感触があった。ずぶりと、それは無遠慮に入ってくる。

「ぁあっ……」

香夜子は思わず両腕を男の背に回す。

「気持ちいい……すごい……」

　男がまた、泣きそうな声をあげていた。

　もっと声を出してと、香夜子は口にせずに願う。男が自分の身体に感じている声を、聴かせたかった。気配はなかったが、起きてはいるだろう。自分が男を家に連れ込んでいるのもわかっているはずだ。そして、この部屋で何が起こっているかも。

　私がどれだけ男と寝るのが好きか、男と寝るのをやめられないか、見せつけてやりたい。

「香夜子さん、いいよ……」

「私も……」

　男の額から流れる汗が目に入って沁《し》みて、香夜子は瞼《まぶた》を閉じた。こうして視界を封じてしまえば、どの男も同じだとも思う。

　若い頃から、お前は誰とでも寝るのだなと言われたことは何度もある。男が本当に好きなのだな、とも。若い頃は、求められたから与えるだけだったが、自分がセックスを好きだからと自覚してからは寝てみたい男がいたら誘うことも覚えた。

　覚馬《かくま》を誘ったのも、最初はそんな軽い気持ちだった。頑《かたく》なな男だから、しつこくはしないつもりだったのが、いつしか意地になってもいた。ほとんど強引にセックスをすると、覚馬のほうが自分にのめり込んだ。そのうち自分も覚馬を愛するようになってしまった。そこそこ男遊びもしていた香夜子が結婚しようなんて思ったのは、初めてのことだった。

恋の成就がたやすくいかないことは、ふたりとも承知していた。覚馬は香夜子の妹の沙良《さら》の婚約者だった。自分と正反対で、真面目《まじめ》で貞淑《ていしゅく》で清楚《せいそ》で両親に可愛《かわい》がられていた妹を、香夜子は羨望《せんぼう》しながら憎んでいた。覚馬は沙良の初めての恋人で、おそらくそれまで沙良は男を知らなかっただろう。教師だった両親は、性的に奔放《ほんぽう》な香夜子を憎み、その分、沙良を可愛がって、信用できる自分の教え子と結婚させようとした。それが覚馬だ。

けれど妹の男を香夜子は寝取ってしまった。あの、セックスなど縁遠いそぶりの妹が好きになった男が、どういうふうに女を抱くのか興味があった。香夜子は、男を知る手段を、セックス以外に知らなかった。

香夜子と覚馬の関係が露見すると、両親に勘当された。もともと不仲だったので、さっぱりしたぐらいの感覚だった。男を寝取ることぐらいは、香夜子は今までさんざんやってきたことで、胸も痛まない。むしろ、小気味よかった。口うるさく自分を厳しく抑圧してきた親と、親の言いなりになって生きてきた優等生の妹への復讐《ふくしゅう》

——そんな言葉も浮かんだ。

香夜子と覚馬は婚姻届を出し、夫婦になった。共に二十八歳だった。人を傷つけはしたけれど、あのときは自分たちは過去を捨て、幸せな結婚生活を送るつもりだったのに——。

「うしろから、突いて」

香夜子は、そう口にする。向かい合う形は、一体感があり気持ちがいいが、角度のせいか、うしろから突き刺される刺激も欲しかった。

男はいったん香夜子から離れ、膝を立て、その前に香夜子は猫がおねだりするかのようにうつ伏せになり腰をあげる。数々の男を受け入れてきた女の穴を見せつけるかのように。

「いやらしいなぁ、自分から欲しがる」

男はそう言って、香夜子の腰を両手でつかむ。四十を過ぎてからついた肉に男の指が食い込む。

「ああ——っ」

今度ははっきりと、叫び声をあげてしまった。男のが入ってきた瞬間、奥に刺さって抑えきれなくなった。

「すごい、まとわりついてくる」

男はそう言いながら、激しく腰を動かし、香夜子の芯を突いてくる。

「いい——すごい——」

香夜子は自分の目から涙が流れているのに気づいた。普段は滅多に泣くことも、感情を露わにすることもないが、セックスで本当に感じているときに泣いてしまうのは、なぜだろうか。そして男たちは香夜子の涙を「泣くほど気持ちがいいのだ」と、喜んでくれる。思えば、覚馬もそうだった。沙良を含め、女は三人しか知らず、風俗も行ったことはなかった、香夜子が自分に抱かれて泣いているので感動したのだと言っていた。今まで、俺がしていたのはセックスではなかったのだと、覚馬は香夜子に告げた。あの瞬間、肉欲が恋に変わったのだ。だから、悲劇が生まれてしまった。

「いい——」

「俺も……香夜子さんの、締めつけてくる。あっ、あっ、イキそうだ——」

男は香夜子の身体を突き放すように離れる。咆哮《ほうこう》と共に、香夜子の背中に、生暖かい液体がかけられた感触があった。

「ごめん……やっぱり早かった」

「そんなこと、あらへん」

男は荒い息のまま、ティッシュで香夜子の背中についた自分から発せられた白い粘液を拭《ぬぐ》う。快感が昇り詰めかけたところで男が果ててしまったので、物足りなさはあったが、しょうがない。初めて寝る男だから、こんなものだろう。

「喉、渇いたやろ。水を持ってくるわ」

香夜子はそう言って、裸のまま立ち上がり、扉を開けた。廊下に出て、すぐ右手が台所だ。

「近所迷惑だ」

台所に立ってビールの缶を手にしている男――覚馬が、そう言った。

「誰も今さら、気にしぃひん」

香夜子は、冷蔵庫の中のペットボトルを手にして、うしろを振り向くと、さきほどまで交わっていた男が、驚愕《きょうがく》の表情を浮かべている。

「あの、トイレ借りようと思って……」

男は覚馬を見て、怯《おび》えた表情を浮かべた。覚馬は軽く会釈して、「お気になさらずに」と、ビールを飲み干す。

香夜子は男の腕をとって寝室に戻る。

「おい、旦那がいたなんて知らなかったぞ」

「言わへんかったんだけや」

「ヤバいよ、なんで旦那のいる家に男を連れ込むんだよ」

男の表情は戸惑いから恐怖に変わっている。

無理もない。夫のいる家で人妻と寝てしまったこと以上に、目の前にいる男に怯えているのだろう。身体は痩《や》せこけ骨ばって、そのくせ酒のせいか腹だけ出て、伸びた白髪と髭《ひげ》、頰《はお》がこけて目だけがギョロギョロしていつも薄汚い格好をしている覚馬の容貌は、近所の子どもたちでも怖がっている。

「とにかく、帰る」

男はそう言って、急いで服を身に着ける。香夜子は裸のまま、さきほどまで堅く力を保っていた肉の棒が、だらりとして白い下着の中にしまわれる様を眺めていた。

香夜子が、「ごめんな」と口にしても男は返事をせず、家を出ていく。最初から追う気もないが、店の客をひとり失ってしまったなと香夜子は鍵を閉めながら思った。

台所に行くと、まだ覚馬がいた。

「香夜子、お前――」

髭で覆われた覚馬の口が動くが、そのあとの言葉が続かない。

覚馬は、やめろとは言わないけれど、傷ついているのは表情でわかる。だから香夜子は、こうして男を家に連れ込むことを、やめない。

どうせ夫は、自分を抱くことができないのだからと、香夜子は冷めた目で覚馬を見た。

*

「ほんまはな、牡丹の季節がよかったんや。ここは牡丹の寺やねん」

香夜子がそう言うと、正人《まさと》は「花が無くても、趣《おもむき》があっていいお寺だよ」と、応えた。

「せやろ。京都市内のお寺のように騒がしくもなく、落ち着けるんよ」

「香夜子さんは、花にたとえると牡丹だね。華やかで妖艶《ようえん》で」

正人が、寺の門を出たところで、そう口にした。

「昔の話やろ。今はもう、小料理屋をほそぼそとやっとるおばさんや」

「いや、香夜子さんは綺麗だよ。二十年ぶりに会っても、そう思った」

男が、欲情を湛えた目でそう言うのを、香夜子は冷静さを装い聞いていた。

「そうだ、ここに来る前に、沙良ちゃんのお墓参りもしてきた。香夜子さんが牡丹なら、沙良ちゃんは清楚なマーガレットみたいな娘だったなぁ」

妹の名前が男の口から発せられても、香夜子は表情を変えなかった。

「病気で亡くなったと聞いたときは驚いた。その時期、僕は転勤で北海道にいて、お葬式も行けなかったから、やっとお墓にお参りできて、よかった。ずっとね、うしろめたいものはあった」

私のせいやろと、香夜子は口にしかけて、やめた。正人は沙良が高校生のときの家庭教師だった。家に立ち寄ったときに、正人と沙良が楽しそうに話をしているのを見て、正人が、沙良に恋しているのも、すぐに察した。いつまでたっても無邪気な沙良は、正人が自分に欲情しているのに全く気付いていない様子だった。その無邪気さが憎らしくて、香夜子は正人を誘おうと決めた。

妹に対する憎しみを自覚したのは、あのときからだ。性に奔放な自分とは正反対で、清らかで、両親に愛される妹——。

若くて女を知らない正人は、簡単に香夜子の手に堕《お》ちたが、香夜子は目的を果たしたので一度きりで関係を絶った。正人が、就職活動に専念したいからと家庭教師の職を急に辞め、沙良が寂しがっているとは、あとで母から聞いた。

あれから二十年経った。今年になり母から連絡先を聞いたといって、「京都旅行に行くから、久しぶりに会いたい」と正人からメールが来たのには、驚いた。そして香夜子が長岡京に住んでいると知った正人は、「乙訓寺に行きたい」と言って、ふたりでここに来たのだ。

学生時代、細身で眼鏡をかけて、いかにも勉強しか興味が無い大学生だった正人は、結婚して子どももでき働き甲斐《がい》のある会社に勤めているせいか、たくましい大人の男になっていた。乙訓寺を出て、少し早いけれどと、香夜子は馴染《なじ》みの創作料理の店に連れていき、酒を酌み交わした。

「こうして女の人と仕事以外で酒を飲むのも久しぶりだ」

「相変わらず、真面目やねんな」

「いや、若い頃はね、面倒なこともあったけど、懲りたよ」

「私もいろいろあったわ。結婚はしたけど、うまくいかへんかった」

――そう口にはしたが、嘘《うそ》ではない。うまくいかへんかったという言葉で、男は香夜子が離婚してひとりだと思い込んでくれるだろう。男を家に誘うための、香夜子のいつもの手だった。

正人は運ばれてきた鱒《ます》の南蛮漬けに箸《はし》をつける。

「まさか会ってくれるとは思わなかった。香夜子さんには一度、フラれてるから」

「フったわけやないねんで。あの頃は、若くていろんなことやってて、忙しくもあったんや」

「それならいいけど……まあ、男って、初めての女の人のこと、忘れられないもんでね」

そう言って、正人が目を伏せた。

肴《さかな》が美味《うま》いと酒も進む――そう口にした正人は、店を出て、「うちに来て、ちょっと休まへん？」と香夜子が誘うと、無言で頷《うなず》き手を握ってきた。

いつものように香夜子は男を引き入れ、そのまま寝室に連れてくる。まともに働くことのできない覚馬はいつも家にいるが、奥の部屋でじっとしていて電気もつけないので、気配もない。こうして覚馬のいる家に男を連れ込むのは、もう日常茶飯事になっている。夫がいるなんて知らなかった、騙《だま》されたと、男との関係がそれきりで切れるのも。

正人は香夜子を引き寄せ、唇を合わす。初めてではないが、寝たのはもうずいぶんと前なので、新鮮な感触だ。

「香夜子さん、いい匂いがする、昔のままだ」

正人は香夜子の首筋に舌を這わせながら、尻をぎゅっとつかむ。そのまま香夜子が両腕を正人の背に回すと、正人の指がスカートをたくりあげてきた。

「こんなふうになるつもりはなかったんだ」正人が唇を離し、そう口にした。

「ただ、会って、話をするだけでいいと思ってた。でも、香夜子さんを目の前にしたら、俺はやっぱり逃れられないって……あのときもそうだった」

「ええから、抱いて」

ふたりは服を脱ぎ、裸のままで抱き合った。香夜子の腹部に、堅くなった正人の肉の棒があたる。香夜子は手をふれ、男の欲情を確かめる。

「びっくりしてる。最近は妻とも、こんなふうにならなかった。無理やり勃《た》たせて……義務のようなことしかしてなかったからな。やっぱり香夜子さん、あなたは特別だ」

香夜子は肉の棒に指を絡ませ、上下に動かす。自分の手の中で男のものが張りつめていくのが嬉しい。

「正人さん、仰向けになって——」

香夜子が促して、正人がそれに従う。香夜子は、正人の身体と互い違いになるように覆いかぶさり、正人の顔の正面に香夜子の秘部がくるようにする。童貞だった正人と初めてセックスしたとき、正人がくわえて欲しそうにするから、こうしてやったのだ。お互いの秘部を口にできる形は、直接の快感以上に羞恥心を刺激する。

「久しぶりだ、これ──」

あのときと同じように正人は顔をあげ、その部分を凝視したあと指で開き、顔を埋める。それに応えるように、香夜子も正人の肉の棒を喉《のど》の奥まで押し込み、口を上下に動かす。

静かな部屋に、身体から溢れる液体の音だけが響いている。香夜子は下半身からこみ上げてくる快楽を抑え込むかのようにひたすら口を動かし、舌で肉の堅さを確かめている。

そういえば、二十年前は、正人はそのまま香夜子の口の中で果ててしまった。ごめん、あまりにも気持ち良くて、初めてだからと謝られたが、若かったので、そのあとすぐに香夜子の手と口により回復した。

「すごい──」

正人が、顔を離して、そう口にした。

「何がすごいの」

「やっぱり香夜子さん、いやらしい——出そうになるのを必死で我慢してる。もう年だから、すぐに二回もできないし」

やっぱり正人も覚えているのかと香夜子は笑みがこぼれた。

「じゃあ、挿《い》れるで。あのときと、同じように」

香夜子はそう言って身体を起こし、そのまま上になり、正人の肉の棒を手にした。最初のとき、正人が、「俺、初めてだから上手《うま》くできるか自信がない」と言ったので、まず香夜子が上になったのだ。香夜子は昔を再現するかのように、腰を落とすと、ずぶりと肉の棒が身体に何の抵抗もなくめり込んでいく。

「ぁあ……」

香夜子は正人にまたがったまま身体を反《そ》らす。この瞬間が、好きなのだ。男のものが自分の身体を突き刺す一瞬が。それがどうしても手放せなくて、いつまでたっても男を誘うことをやめられない。

香夜子は腰を上下に動かし、粘膜のこすれ合う音が漏《も》れる。

「気持ちいいよ、香夜子さん……久しぶりだ」

正人のいう「久しぶり」が、香夜子とこうするのが久しぶりなのか、女そのものがという意味なのかは、わからない。正人が両手を伸ばし、香夜子の乳房をつかむ。

本当は、この形になると、張りを失った乳房や下腹部についた肉、しまりが無くなった顎が男の目にあからさまになってしまうので、老いた女には向かないのだが、自分で身体を動かし快感を貪《むさぼ》れるので、望んでしまう。

それに、どうせこの男も、今日限りだから、なんと思われてもいい。香夜子は腰を曲げて、正人に覆いかぶさり、唇を合わす。正人のほうから舌を差し入れてきたので、からませる。香夜子が動きをとめたので、正人が下から上へ突き上げるように腰を動かしはじめた。小さな快感が揺れて全身に広がっていく感触がある。

正人の両手が、香夜子の尻を強くつかんだ。一瞬、痛みが走ったけれど、それも気持ちがいい。深く差し込まれ、子宮の入り口に正人のものが当たる感触がある。不思議なことに、この「奥にあたる」というのはペニスが大きいからといって味わえるものではない。

「イキそうや」

香夜子がそう口にする。演技ではなく、こうして奥まで突かれることに弱い。正人の答えを待たず、下腹部から細かい揺れを刻み、熱い塊が全身に広がっていく。つま先が震え、感覚が消えた瞬間、その熱い塊が爆発し、香夜子は「ぁあっ！」と咆哮をあげ、力が抜けて前のめりに倒れこんだ。

「嬉しい」

正人はそう言って、香夜子の背に腕をまわす。

「少し、休憩しようか」

「でも、まだ正人さん、イッてへんやん。私だけ……」

「もう若くないから、小休止して、それから頑張るよ」

正人は苦笑し、香夜子は身体を抜いて伸ばされた腕の上に身を委ねる。

こうして家に男を連れ込むのは、覚馬を傷つけるためだ。

沙良の婚約者であった覚馬を香夜子が奪い家を出たあと、沙良は物を食べなくなった。口に何かを入れても吐いてしまい、医者に行くと精神的なものだと診断され、痩せて骨と皮だけになり引きこもり、三年後に、部屋で冷たくなったのを父が発見し、病死だと判断された。

その頃には、多少のうしろめたさを感じながらも、まだ燃え上がった恋の残り火の中で暮らしていたふたりだったが、覚馬は沙良の死の衝撃からか、勃たなくなってしまった。普通なら、もうそれで別れるだろうに、この長岡京の家でふたりは結婚生活を続けた。覚馬はまるで沙良が取り憑《つ》いたかのように、食が細くなり、身に纏《まと》うものにもこだわりがなくなり、酒を浴び、仕事も続かなくなった。

香夜子が覚馬と別れなかったのは、沙良の死に男性機能を失うほど影響を受けた覚馬のことが、許せなかったからだ。そして香夜子は働いて覚馬を養い、昔より強くなった欲望を満たすために、さまざまな男と寝て、ついには家に連れ込むようになった。

復讐なのか、なんなのか、自分でもよくわからない。覚馬を愛しているから、苦しめようとするのか、許せないのか。そして、自分が追い詰めた妹の死に、冷淡であるだけではなく、死によって覚馬の身も心も支配した沙良に対する対抗心のようなものも自覚した。自分はひどい女だとは思うけれど、夫に男と寝る声を聞かせ、痛めて傷つけることで、自分自身に刃《やいば》を向けている気もしている。つまりは自傷行為だ。

「香夜子さん、俺、実は沙良ちゃんのこと好きだったんだ」

正人が小さな声で、そう漏らすと、「知ってたで」と、香夜子は答える。

「そう、あなたは知ってたんだよね。だから俺を誘って、寝た。俺のことなんて別に好きでもなかったのに。だからすぐに離れていったんだ。でも俺は、あなたが初めての女だったから、執着してしまって、それを恋だと勘違いもしていた」

何を今さら昔の話をと、香夜子は言いそうになったが、黙って聞いている。

「でも、若かったから、別の彼女も出来たし、卒業して京都を離れ結婚して子どもも生まれて……忘れてたんだよ。それが去年、沙良ちゃんと香夜子さんのお父さんの教え子と、偶然仕事する機会があって、沙良ちゃんの死の理由が香夜子さんにあることを初めて知った」

　自分の頬に当たる男の腕が、既に熱を失っているのに香夜子は気づいた。

「だから、会いに来たん。自分を捨てた女の様子を探りに——」

「まあ、そうだね。いや、それだけ香夜子さんには魅力があった。昔も、今も……本当は寝るつもりなんてなかったのに」

　そう言って、正人は身体を起こし、香夜子の唇を吸う。

「香夜子さんが長岡京に住んでいると知ったときに、最初に浮かんだのは乙訓寺だった。ぼたん寺……もちろん香夜子さんも、知ってるよね。長岡京造営を断念し、平安京を作った桓武《かんむ》天皇の弟が、早良《さわら》親王。彼は兄により罪をきせられ、乙訓寺に幽閉され、兄への抗議に食を絶ち、島に流される途中で命尽きた。沙良ちゃんと同じ死に方だ。乙訓寺の牡丹は、写真でしか見たことないけれど、華やかで綺麗で人を惹《ひ》きつける。香夜子さんみたいだ。罪作りな花だな」

　早良親王が兄を恨み、乙訓寺で食を絶ち死に至った話を知ったのは、覚馬とこの街で暮らしはじめて数年後だ。

「私のこと、怖い女やと思った？　妹の男を奪って」

「正直言って、そうだ。でも、気になって、こうして会いに来て、まんまと寝てしまった。平穏な暮らしをしているからこそ、危険な女に惹かれるんだよ」

香夜子は正人の股間に手を伸ばす。一度、しぼんだものが、少しばかり硬度を取り戻していることに、安心した。

「まだ、終わってへんで。中途半端は、嫌や」

香夜子は、これ以上、正人の話は聞きたくないとばかりに身体を移動させ、男の股の間に顔を埋める。

「香夜子さん、本当にあなたは――」

正人の言葉は、じゅるじゅると唾液を溢れさせ男の芯を吸い込む刺激に、途切れる。

怖い女だと言いたいのか、好きものだと言いたいのか――。

正人が大きく「ぁあっ！」と、声をあげ、香夜子は扉の向こうに覚馬の気配を感じながら、男の肉の棒を味わっていた。

＊

香夜子の上で果てると、正人は、「電車があるうちにホテルに戻るよ」と、あっさりと服を着て家を出ていった。「じゃあ、香夜子さん、元気で」とは口にしたが、次の約束はどちらもしていない。

正人の背中を見送ることもなく、薄い肌着を羽織った香夜子は鍵を閉めた。喉の渇きを潤そうと台所に入ると、酒の入ったグラスを傾ける覚馬がいた。

「男は帰ったのか」

「帰ったで。なんやあんた、起きてたんや。寝てると思っていたわ」と、香夜子は口にするが、本当は覚馬の気配を感じながら、正人に抱かれていた。

香夜子は冷蔵庫からミネラルウォーターのペットボトルを取り出し、喉を鳴らす。セックスをしたあとは、いつもひどく喉が渇く。香夜子は家では酒は飲まない。酔うと自分を保てなくなる気がして、怖いのだ。

「身元のはっきりしない男を家に入れるのは賛成できない。まあ、俺が言うことじゃないけどな」

「昔の知り合いや。沙良の高校時代の家庭教師やった人や。京都に仕事で来たついでにって、会ったんや」

沙良の名前を出したせいか、覚馬の動きがふいに止まる。

「大昔に……一度、誘ったんや。女を知らん男やったから、ほいほいついてきたわ。もう今は、ええ大人になってて、セックスも悪くなかったわ」

男と交わった汁は、すっかり引いていた。もう短い秋は終わりを告げ、冬の気配を肌が察している。京都の寒い冬が終われば、春が訪れ、牡丹の季節だ。乙訓寺で咲き誇る牡丹の花が、ふと脳裏に浮かんだ。

「……いつまで、こんなことをしてるんだ」

覚馬が、口にする。

「私は男が欲しい。年をとっても、男と寝たくてたまらん。そやけど、あんたは私を抱けへんやろ」

沙良が食を絶ち亡くなってから、勃起できなくなった覚馬を、香夜子は許せない。ならば別れればいいと人は言うだろうが、それもできないのは覚馬への執着なのか、意地なのか。そしてやせ細り、酒浸《さけびた》りになった覚馬は、まともに働くこともできず、香夜子のもとから離れない。香夜子がいないと生きていけないのだ。

「寝るわ、疲れた」

無言になった覚馬を目の前にし、香夜子は部屋に戻って、乱れたままの布団の上に横たわる。

どうしてこんなことになってしまったのか。

覚馬と寝たのは、お堅い純情な沙良が惚《ほ》れて結婚を決めた男に興味があったからだ。最初は、正人と同じく、一度寝たら終わらす気だった。それが出来なかったのは、肌が合ったのだとしか言いようがない。多くの男と寝てきたから、わかる。セックスの相性というのは、性器の大きさなんかではなく、肌が溶け合う感触だ。細胞が同じだと感じるほどに、心地よい肌に巡り合い、香夜子は泣いた。そんなことは、初めてだった。恋愛感情など無かったはずなのに、つながった瞬間、感激して覚馬の身体の下で泣きじゃくった。目を見つめ合い、つながりながら香夜子は「好きや」と口にした。覚馬は戸惑ってはいたが、そんな香夜子を愛《いと》おしいと思ってくれて、恋がはじまった。けれどその恋は、地獄のはじまりだった。

香夜子は思い立ったように、身体をいったん起こし、扉を開ける。廊下に出て右手の台所に覚馬がいる。煙草《たばこ》を吸い出したのか、臭いが漂ってくる。

足りない、満たされない――香夜子は肌着を脱ぎ、全裸になって布団の上に仰向けになり、大きく脚を開く。私のここを見てと言わんばかりに。

左手を股間に這わし、薄目の陰毛をかき分ける。その先にある陰核は、さきほどの情事の名残か、剝き出しになり尖《とが》っているのがわかる。指先でふれると、「あっ」と、声が出た。小さな声だが、静かな家の中で、きっと台所にいる覚馬にも聞こえているだろう。

四十をとうに過ぎた年齢ではあるけれど、自分はまだまだ美しく、じゅうぶんに男を欲情させることができる。自ら誘って、男がなびかなかったことは、ほとんどない。昔よりも肉付きがよくなり、下腹部がふっくらしてはいるが、その分、肌が潤いを湛え、男に喜ばれる。年を取ると、顔の造作よりも、肌が女の魅力になるのだとは知っている。

もともと大きめの乳房は、もっと垂れるかと思っていたが、昔より張りは失ったけれど、柔らかくて心地《ここち》よいと、顔を埋める男もいる。

女の芯は、うんざりするほどに男のものを欲しがっている。好きな男ではなくても、たやすく受け入れ愛液を溢れさす自分のその部分を厄介なものだとは思うけれど、男と交わる楽しみを失ってしまったら、自分は死んでしまうんじゃないかとずっと考えている。それぐらい、男と寝るのが好きなのだ。

かつての覚馬との営みを思い出しながら、香夜子は人差し指と中指を使い、自分の襞を広げる。

「見て――」そう言いながら、目を瞑《つむ》る。覚馬の視線を感じるだけで、奥が小さく震える感覚がある。

きれいだ、と、何人もの男に言われたその襞は、若い頃と色も大きさも変わらない。男から見て右の襞のほうが分厚く、閉じて重なったときにその非対称がいやらしいという男もいた。けれどその肉の扉はどんな男でも簡単に開くことができる。開いたままで、中指をそっと肉の狭間に入れると、生暖かい液体が絡みついている。さっき男と寝て満足したはずなのに――いや、満足なんて、できるわけがない。どんな男と寝ても、たくさんの男とセックスしても、自分のこの肉の壺《つぼ》は満たされない。だから男を求め続けてしまう。

ふれずとも、乳房の先端が屹立《きつりつ》しているのが、わかった。興奮すると、薄い桃が紅に色を変えるのがたまらないと、男たちに言われた。覚馬だとて、何度もこの乳房にしゃぶりつき、唇で先端をはさみ舌を動かした。

乳首と陰核の舐《な》め方は、同じようにされたい。強い刺激を最初から与えず、まず唇で挟み、舌で存在を確かめるようにふれて、それから弾くように舐め、高まってきたなら強く吸う。

自分の身体に自分でふれて気持ちよくなることはいくらでもできるけれど、舐めるのだけは男の手を借りないと無理だ。

けれど、そこにいる男は、舐めるどころかふれようともしない。

「覚馬、あんたのせいや――」

扉の前に立っている覚馬の表情は見えないけれど、視線は感じる。見せつけようと、仰向けになって足を大きく開いたまま、腰を突き上げ浮かす。煌々《こうこう》と照らす灯の下で、ぬめりに覆われた肉襞が露わになる。

香夜子は中指を陰核に添える。既に剝き出しになった真珠粒の根元を押さえ、ぐっと突き出す。ここが一番感じるところなので、自慰の際は、少しずつ触れる力を強くし快感を高めると、必ず絶頂に達する。

「香夜子のここ、すごく可愛い。愛おしい」

そう言って、かつて覚馬は何度も口にしてくれた。唇で挟み、舌で弾くと、もうたまらなかった。あまりにも乱れてしまう自分が、恥ずかしくてしょうがなかったけれど、そんな香夜子を覚馬は何度も「好きだから、どんどん淫らになってくれたら嬉しい」と、抱きしめてくれた。

お互いの身体を愛しんだ果てに、覚馬は肉の棒を香夜子に突き刺す。その瞬間、悦びで大声を発し腰を浮かせた。

私はセックスの悦びなんて、知らなかったのだ――覚馬と初めてセックスした夜、そう思った。肌を合わせた瞬間、この男のことを好きだと思うのなんて初めてで、それは覚馬とて同じだったはずだ。あれからたくさん男と交わったけれど、あれほど幸福な夜はない。けれど、もう二度と手には入らない夜なのだ。

「ぁあ」

香夜子は腰を浮かしたまま、左手の中指と人差し指で自分の陰核を挟み、小さな刺激を加える。自慰のときに思い浮かべるのは、いつも覚馬とのセックスだ。

覚馬のものが入ってきて、「香夜子の中が、あまりにも気持ちよくて、すぐ出そうになる」と、泣きそうな声で言われるのが、嬉しかった。確かに早く射精することもあったが、若かったので、何度でも交わった。

聞けば、沙良とは数度しか寝ていないという。そして沙良はやはり処女で、反応も薄く、声も出さない。男の性器を口にすることも、自分のそこを舐められるのも苦手で、「潔癖症なの、ごめんなさい」と言われたと覚馬は教えてくれた。経験が少ないのでそんなものかと受け入れてきたが、不満は募《つの》り、だから香夜子の誘いに乗ってしまったのだという。

覚馬の心も体も、愛おしかった。一緒にいるときはずっと身体のどこかを触れ合っていたし、裸になると香夜子は覚馬の肉の棒を離さなかった。お互いが互い違いの形になり、性器を口にするのが、大好きだった。

自分の恥ずかしいところを好きな男に見られると興奮するのだと、香夜子は覚馬と寝て初めて知った。視線を感じながら、覚馬の破裂しそうなほどに膨張しているペニスを喉の奥まで呑み込む。唾液をあふれさせ、口内の粘膜で包み込みながら、舌を添わせ、上下に動かす。唇が先端に辿《たど》りついたときは、笠の内側を舌先でぐるりと舐めまわす。鈴口からはしょっぱい汁が溢れてくるが、それを味わうのも好きだった。

あの頃は若かったから、香夜子の口の中で覚馬が果てることもしょっちゅうだった。「気持ち良すぎて我慢できないんだ、ごめん」と覚馬は謝るが、香夜子にとってこんなに嬉しいことはない。好きな男のものだからと、ごくりと飲み干した。もちろん、フェラチオさえしたがらない沙良には、こんなことはできないだろう。好きな男の性器は、女の宝物だ。大事で、可愛くて、口にすると堅くなり悦びを表してくれるこんな愛おしいものを口にしないなんて、沙良は本当は覚馬を愛してなどいないのだと思っていた。だから妹の婚約者をとることに罪の意識などなかった。愛し合っている者たちが一緒になるのが正しいことで、それは沙良ではなく自分と覚馬なのだと信じていた。何度果てても、香夜子と覚馬は抱き合った——けれどどそれも遠い昔の話だ。

覚馬の視線を感じながら、香夜子は指の腹を陰核にこすりつける。自分がどうすれば感じるのか、自分が一番知っている。香夜子は粘膜の内側からあふれ出す白い液体を指になすりつけ、そのまま剝き出しになった陰核にそえて動かす。

「うぅ……ぁあっ、イく……」

香夜子は声を漏らしながら、絶頂に達し、その瞬間、腰が浮いて下半身が痙攣《けいれん》した。息が荒く胸が上下し、脚を大きく開いたまま呼吸を整える。奥から蜜がとろりとあふれる感触があった。

きっと今、自分の性器は開ききっているだろう。色は紅に染まり、花びらを開いた大輪の牡丹のように。そして甘さの交じった酸味のある香を部屋中に漂わせている。

いつも、こうだ。どんな男と寝ても、最後は自分で慰めないと眠れない。したくてしたくてたまらないのに満たされない自分は、地獄の餓鬼のようで、ときどき憐《あわ》れになる。

「覚馬……」

香夜子は夫の名前を呼ぶ。かつて激しく愛し合い、共に世界を捨てたはずの男の名前を。開かれた扉の前に立っていた覚馬が、音を立てずに部屋に入ってきた気配がした。

ほんまはあんたじゃないとあかん――香夜子はそう口にしたいのを、必死に抑えている。

香夜子は身体を起こし、膝立ちになり、幽鬼のように無表情でただそこに立っている覚馬のスウェットのパンツとトランクスを下ろす。そこには、だらりとしなびた、季節を終えた植物のようなペニスがぶら下がっていた。風呂にあまり入らないせいか、少し臭いもする。

久々に目にした夫の性器を、香夜子は左手で持ち上げるように手にして包み込む。先端を親指と人差し指で挟んで鈴口に舌をつけてみるが、そこは乾ききっていた。堅くなる気配はない。

「もう、本当にダメなんだ、香夜子。すまない」

覚馬の声は低く、感情が見えない。いや、もう覚馬は肉体と共に、心も失ってしまったのだ。

「わかってる」

香夜子がそう口にすると、覚馬はゆっくりと背を向けて、「散歩してくる」と言って履き古したボロボロのサンダルで外に出る気配があった。どこか深夜までやっている安い飲み屋に行ったか、それともコンビニで酒を買い、道端であおるかだろう。

香夜子はシャワーを浴びて寝てしまおうと、洗面所に向かう。少しだけ残っている化粧を落とそうと鏡に向かうと、そこには沙良がいた。

鏡の中の沙良は、昔と変わらぬ穏やかな笑みを浮かべて香夜子を見ている。若くして自ら食を絶ち亡くなった妹は、ずっと老いを知らぬままだ。

「あんたはいつまで私ら夫婦から離れへんのや。そんなに私が憎いんか」

香夜子は鏡に向かって喋《しゃべ》りかける。

わかっている。鏡に映っているのは、香夜子自身だ。ときどきこうして沙良の幻影をこの家で見てしまうのは、自分と覚馬が一緒にい続けることにより、沙良のことを忘れられないからだ。幽霊などいないとわかっているのに、ときどき覚馬は沙良の幻影にうなされ、苦しみ、罪悪感をごまかすかのように酒を飲み続ける。

香夜子は鏡の前を離れ、浴室でシャワーを浴びる。今日の情事を、すべて洗い流すために。

眠って、朝を迎えれば、また同じ一日がはじまる。そうして生きていくしかない。

布団に入ると、玄関の扉が静かに開くかすかな音が聞こえた。覚馬が戻ってきたのだ。どこにも行けない、死ぬ勇気もない男は、必ずこうして香夜子のもとに帰ってくる。

妹はずるい女だと、考えない日はなかった。死ぬことで、若くて美しく清廉《せいれん》なまま、男の心に生き続ける妹は。

自分は覚馬の前で、これから老いて醜さを晒《さら》していくだろう。好きな男に抱かれることができず、他の男を求めずにはいられない欲深さを抱えながら。

それでも死ぬ勇気のない自分たちは生きていくしかないのだと、香夜子は寝室の扉の向こうに立ち、こちらの様子をうかがっている夫の気配を感じながら目を瞑り眠りを待った。

われ死なば

お願いだから電気を消して、部屋を暗くしてと姫乃《ひめの》は口にしたけれど、歩人《あゆと》は聞こえないふりをした。

「恥ずかしいから、ほんまに、お願い」

姫乃が再び懇願するので、歩人は手を伸ばしベッドわきの照明のスイッチにふれる。

五十歳になった女としては、切実な願いなのだろう。

けれど、真っ暗にはせず、薄明りの中で、お互いの顔も身体《からだ》もはっきり見えるぐらいの明るさだ。

そういえばと、歩人は思い出した。初めてホテルに行ったときも、姫乃は同じことを口にした。何しろ、あのときは姫乃は処女だったのだ。歩人のほうは、金でセックスできる場所に何度か行ったことはあったが、好きな女を抱くのは初めてで、それなりに緊張していた。

姫乃に乞われるがままに、部屋を真っ暗にしたら、お互いの姿も見えなくなって、これじゃあ上手（うま）くいかないと、ベッドわきのスイッチを入れると、ピンクの照明になって、「何これ」と、ふたりで笑ったものだ。それで緊張がお互い少しほぐれたのか、ぶじに身体を重ねることができた。

三十年前の話だ。ふたりとも、二十歳の大学生だった。

五十歳になり、子どもも産んだ姫乃の身体は、かつてのような肌の張りは失っているし、目尻には皺《しわ》があり、全体的に肉がついて、下腹部が膨らんでいる。おそらく十数キロ以上は増えているのは間違いない。それでも、顔立ちの美しさが、老いを遅らせているように思えた。

自分だとて、あの頃より多少は太ったし、髪の毛だってほとんど白髪で、年相応のおじさんになったので、お互い様なのだ。

「綺麗《きれい》だよ」

歩人はそう言って、姫乃の首筋に顔を埋める。姫乃の両手が伸びて、歩人の背にまわり抱きしめるように力が入った。

指が肉の柔らかさを伝えてくる。

「歩人、昔は絶対に私のこと、綺麗なんて言ってくれへんかったのに」

姫乃はそう口にした。

照れ臭いのと、みんなが姫乃を美人だ、綺麗だと称賛するからこそ、言えなかったんだよ――そんな想《おも》いを呑《の》み込んだ。

なら今は、どうしてこんなにたやすく口にできるのか。

あの頃は、誰もが姫乃のことを、「姫」と呼んでいたし、まさに「姫」という存在だった。

歩人と姫乃は、母親同士が姉妹で、同い年のいとこだった。京都の、母たちの父である祖父が設立したお茶を扱った会社は、近年、茶を使った菓子なども手掛け、売り上げを伸ばしていて、歩人と姫乃の父親も、同じ会社で働いていた。

姫乃はひとり娘で、歩人には妹がいた。家も近所で、よく行き来していたから、幼い頃からお互いのことを知り尽くしていたと言っていい。

子どもの頃はどちらかというとやんちゃで男っぽいと言われていた姫乃が、見違えるように美しくなったのは高校生のときだ。中高一貫教育の女子大付属の高校に通っていたが、長い髪の毛に白い肌、品の有る立ち振る舞いで、近隣の学校の男子生徒だけではなく、女子生徒からも「姫」と呼ばれていた。

「今日も、帰り道に告白されてん。歩人と同じ学校の人やった」

そう言って、姫乃は渡されたという手紙を歩人に見せる。歩人の部屋に、勉強を教えてくれと口実をつけて訪れるのは、いつものことだった。手紙には、「愛しています」という言葉がびっしり連ねてあった。

「つきあうの?」

「つきあえへんよ」

姫乃は少しムッとしたように唇を尖《とが》らし、そう言った。

お互い、惹《ひ》かれ合っているのはわかっていたけれど、言葉に出す勇気はなかった。いとこ同士であるというハードルは、思いのほか高く感じていた。それでも歩人は、あの頃は姫乃しか見えなかったし、姫乃が告白されたなんて話を聞くと、いつも胸が苦しくなった。

高校の卒業式のあと、一緒に行って欲しい場所があると言われふたりで向かったのは、嵯峨野《さがの》だった。

「友だち、みんなここでお参りして彼氏ができたっていうんよ」

と、連れてこられたのは野宮《ののみや》神社だった。

源氏物語に登場する神社で、縁結びで有名だというのは歩人も知っていた。

ふたりは制服姿のまま、赤い鳥居をくぐり、お参りする。

せっかくだから少しぶらぶらしようか、と共通の友人の話などをしながら、歩いてゆく。

歩人は京都に生まれ育ったけれど、歴史にも観光地にも全く興味もなく、無知だった。姫乃は、外国人留学生と共に京都を歩くサークルなどにも参加して、よく知っている。姫乃にいわせると、「私らみたいな京都の人間より、外国の人のほうが京都が好きで、びっくりするほど詳しい」とのことだった。

少し歩いて、姫乃は「檀林寺」と掲げてある閉ざされた古い門の前で足を止める。

「なんて読むんだ、これ」

「だんりんじ……檀林皇后の話は、キャサリンに聞いて最近知ったところ。ゆかりの場所なんかな……？」

キャサリンというのは、サークルで知り合い、姫乃が最近仲良くしている留学生なのは聞いていた。

「だんりん皇后？　何それ」

「平安時代の嵯峨天皇の皇后で、ものすごい美人やったんだって。人を惑わし、狂わせるほどの美貌で……でも、彼女自身は深く仏教を信仰していて、亡くなるときに諸行無常、この世のすべてのものは移り変わる、美貌だって永遠のものじゃないんだというのを人々に見せつけるために、自分の死体を放置させたって」

「なんだよ、それ、怖いな」

「『われ死なば焼《やし》な埋《うず》むな野に捨てやせたる犬の腹を肥《こや》せよ』……そんな歌を残したって伝えられてるんだって。その通りにしたら、死体には虫が湧き、獣が貪《むさぼ》って……美人が、そうやって醜く朽ちる様子は絵で残されてるみたい。キャサリンが、日本人の考えって独特だって言ってた」

姫乃が言葉を続ける。

「キャサリンが、私のことを、すごい美人だって……檀林皇后を連想したって言うんやけど、それ喜んでいいんか微妙やなって思った。年取ったら、醜くなっちゃうって言われてるようで……今は男の子に告白されたりするけど、結局彼らが見てるのは衰える前のつかの間の容姿なんかなとも考えちゃう」

姫乃が寂しそうな表情を浮かべる。

「キャサリンに、なんで姫乃はパートナーがいないのとも言われたんよ。答えに困っちゃった。だから野宮神社に行きたくて」

「俺をつきあわせたってわけか。女友だちでも誘えばいいのに」

歩人は少しムッとしながらそう口にすると、姫乃が顔をあげ、歩人の目をじっと見ながら口を開いて、「なんで、他の男とつきあうなって、言ってくれへんの。野宮神社に歩人を誘った意味、わからへんの?」と、言った。

「高校卒業するまでは、我慢しようと――」

歩人は、そう言い終わるまでに、姫乃を抱き寄せ唇を合わせていた。

そうしてふたりは気持ちを確かめ合った。

けれど、好きだからこそ簡単にふれるのが怖くて、その先に行くまでには時間がかかった。やっとお互いが二十歳になり、免許をとった歩人の運転で、高速道路のインターチェンジ近くのラブホテルに入ったのだ。

一点のシミも曇りもない肌が、歩人が口をつけると薄いピンクに染まった。豊かな長い髪がシーツに広がり、聞いたことのない甘い声が漏れる。薄い膨らみの乳房の先端は桃色で、臍《へそ》の下の毛はうっすらとしか生えておらず、ぷくりとやわらかな肉が姫乃の女の秘密の部分を守るようにあった。どこもかしこも綺麗で、愛らしく、素晴らしい身体で、歩人は感動した。

そんな姫乃が今まで誰にも自分の身体をふれさせなかったというのも、嬉《うれ》しかった。

「だって、歩人のこと、好きやったから」と言われたときは、泣きそうになった。

ふたりは心身ともに恋人同士になって、「結婚しよう」とも話すようになった。歩人からしたら、魅力的な恋人を他の男にふれさせたくなかったのだ。

しかし、そんなふたりの恋は、一年と続かなかった。歩人の妹が、「お兄ちゃん、彼女がいるみたい」と察し、母親に報告したところ不審がられ、会社の従業員が、歩人と姫乃が手をつないで歩いているのを見たと報告し、母が歩人を追及した。

どうせ結婚するのだから——と、歩人は正直に、姫乃とつきあっていると告白した。しかし、母は激怒し、自分の姉である姫乃の母にも連絡した。

「いとこなんてやめてよ！」と、双方の母は激怒して嫌悪感を露《あら》わにした。やがて父たちにも伝わり、若いふたりの恋愛は大ごととなってしまう。

英文科に通っていた姫乃は、留学させられることになった。もともと外国に行って勉強したいとは思っていたけれど、こんなふうに引き裂かれる形になったのは不本意だと姫乃は電話の向こうで泣いていた。

駆け落ちという言葉が、歩人の中でよぎった。けれど、現実的ではないのもわかっていた。

「ふたりともまだ若い。恋愛感情なんて、一時期の熱病のようなもんだ。時間が経《た》って、それでもまだ気持ちが変わらないのなら、考えてやってもいい」

歩人の父がそう言ったので、歩人は受け入れることにした。別れるなんて、できない。少しばかりの間、離れるだけだ。自分たちの気持ちは変わらない。そして再会したら結婚するつもりだった。

姫乃がアメリカの大学に行き、最初の頃は頻繁に手紙のやり取りをしていたが、半年ほどで忙しいのか返事が来なくなった。まだ、あの頃はインターネットなんてなかったから、連絡を取り合う手段も限られていた。歩人は歩人で、寂しさを紛らわせようと、告白してきた大学の後輩とつきあいはじめていた。自分が愛しているのは姫乃だけのはずなのに、手近にセックスできる女が必要だった。

三年後に、姫乃が帰国した際も、本人からの知らせはなく、友人から聞いた。あの頃の情熱の火は消えていて、悔しいけれど父親の言ったとおり「一時期の熱病」だったのだ。歩人は、大学卒業後は東京の会社に就職していた。卒業して祖父の創業した会社にそのまま入る気にはなれなかったし、一度、京都から離れたほうがいいような気がしていた。

実家に戻るのも年に一度ほどだった。姫乃が京都で見合いしてその相手と結婚してすぐに子どもを産んだと聞いても、胸も痛まなかった。歩人のほうも会社の同僚だった女と結婚して娘をもうけた。

姫乃と再会したのは、祖父の葬儀だったが、それすらも歩人は仕事があるからと通夜に顔を出し、急ぎ東京に戻った。ちらりと見た姫乃は、人妻の艶なのか美しさを増して、通夜の席なのに男たちの視線が絡み合っていた。

祖父が亡くなったあとは、長女である姫乃の母の夫が社長になった。会社の内部で、次期社長が、姫乃の父か歩人の父のどちらになるかについて様々なことがあったとは、母から聞いていた。けれど歩人の父は、数年前に癌《がん》を患ってから体調がよくないと、一線を退くのを決めていたのだ。

自分には関係がないことだと歩人は思っていた。両親が内心では、京都に戻ってきて祖父の会社で働いて欲しいと望んでいたのは知っていたけれど、妻も子どもも慣れない土地は抵抗があるだろう。

しかしそれからの展開には、歩人も他人事《ひとごと》ではいられなかった。歩人の父が早期退職するのと同時に、姫乃の夫が入社しいきなり専務になった。歩人の父が癌で亡くなったあと、祖父の遺産を分配されていたはずなのに、株式や様々な権利が、ほとんど会社に譲渡されていて、残されたのは預貯金だけだったと母が嘆いていた。

「本当は、あんたが跡を継ぐべきやったし、お祖父《じい》さんもそれを望んでたのに」

母から、そうも聞いた。どうも、祖父は自分の血を引くただひとりの男子である歩人に会社を頼みたかったらしいが、姫乃の両親がそれを快く思わなかったのだ。自分と姫乃との恋愛沙汰のあと、親同士も距離ができていたのも影響はあるだろう。

「あの娘《こ》は、自分の息子に継がせるつもりや。あんたが東京に行ってから、お祖父ちゃんにべったりやったもの。自分の旦那やからと、ロクでもない男を引っ張り込んだり、好き放題しとるわ」

　あの娘と母が口にするのは、姫乃のことだ。どうも姫乃の夫は、あまり評判のいい男ではなく仕事もできないのだとも聞いた。

「お祖父ちゃんが、あんたを京都に戻して会社を継がせるのを、あの娘とその親は、ずっと警戒してた。それで、お祖父ちゃんが亡くなってから、露骨にうちの一家を排除しようとしたんや」

　母はそうも嘆く。

　かつて愛し合ったいとこと伯父伯母たちが、そんなふうに裏で動いていたのだと知っても、腹は立たなかった。けれど祖父が築き上げてきたものを、自分の姉の娘にとられたのだと母が嘆く様には胸が痛んだ。母は亡くなるまで、ずっと姫乃のことを「あの娘はしたたかで、ズルい。可愛《かわい》い顔をして、人に取り入って、自分の利だけを考えている」と言っていた。

母ははっきりとは言わなかったが、姫乃が美貌を武器にして、政治家や文化人、経済界の著名人などに近づいて自分の崇拝者にして利用していたことは、数人の関係者からも聞いた。「あの女のやっていることは、枕営業だ」と、非難する古くからの従業員もいた。

姫乃の夫は、姫乃の父が病気で社長の座を退いたあと、入社したばかりの息子が社長に就任するのと同時に離婚して会社も辞めさせ「追放」されたのだと昨年聞いた。そして息子の後ろ盾として姫乃が専務として、実質的なトップになっているのも。

「女帝」「女王」などと呼ばれているのも知っている。

自分の胸の中で、「恥ずかしい」と震えていたあの少女とは、別人だと思うようにしていた。

その女が、今、自分の下にいて裸になっている。

「こんなの、久しぶりやわ」

姫乃が歩人に首筋に顔を埋められながら、そう言った。

「嘘だろ。美しき女王様だから、男はずっと寄ってきてただろう」

「若い頃とは、違うんよ。怖がられることのほうが多いし、私やて、立場とか考えると、簡単に心も身体も許せへん」

どこまで本当のことを言っているのかわからないと思いながら、歩人は指を姫乃の腹に這《は》わせた。

「何より、年を取って太ったから、脱ぐのは勇気がいるんよ」

姫乃はそうも口にした。

「やから、やり方、忘れてる」

俺もだよと口にしかけて、やめた。妻とは、月に二度ほど未《いま》だにセックスはしているが、結婚してから外で恋愛をしたこともあった。けれどここ二年ほどは年齢のせいか体力が落ちて、それも億劫《おっくう》になった。

「今まで、何人の男と寝た？」

つい、そう口にすると、姫乃が笑みを浮かべた。

「聞きたいん？　たぶん、想像してるより少ないで」

「じゃあ、いい」

聞いてしまったことを歩人は後悔した。自分が初めてだった女に、体験人数を聞くなんて、悪趣味なことだ。

歩人の指が姫乃のぽっこりした下腹部の下の繁《しげ》みに辿《たど》りつく。わさわさとかき混ぜるように動かす。記憶の中よりも、毛深くなっているような気がしていたが、何しろ三十年前の話だから、曖昧だ。

指が両脚のつけ根に辿りついた。

「ぁあっ」と、姫乃が小さく声を出す。

そのまま歩人かぴたりと閉じられた太ももをかき分けるように指をすすめると、汗なのか、違うものなのか、生暖かい水が指を湿らせた。

中指を折り曲げて先端で粘膜の狭間《はざま》を確かめると、粘液がまとわりつく。

「濡《ぬ》れてる」

思わずそう口にすると、姫乃は「や……」と身をよじらせようとする。

歩人は身体をずらし、姫乃の両脚を開かせ、顔を近づける。

「あかん……恥ずかしい」

姫乃はそう口にするが、脚を閉じようとはしない。

――ここは変わらない、綺麗な、昔のままだ――歩人の記憶に、かつて初めて姫乃の秘苑を目にしたときのことが蘇《よみがえ》った。

他の男に渡したくない、俺だけのものだ、誰にも見せたくない――あのときは、強くそう思ってした。

再会したかつての恋人の秘密の場所に、歩人は唇をふれさせる。

今年に入って、母が亡くなった。

父がいなくなってからは妹夫婦と住んでいたが、肺炎をこじらせて入院してからはあっという間の死だった。

母の葬式で、姫乃の母である伯母と再会したが、うしろめたいのか挨拶をしただけで帰ってしまい、腹立たしかった。妹から、母が亡くなるまで、「歩人が会社を継いでくれたなら、乗っ取られなくて済んだのに。でもあの子が京都から離れてしまったのは、恋人との仲を引き裂いた自分たちのせいだから何も言えない」と嘆いていたと聞いて、胸が痛んだ。

そして会社は、社長になった姫乃の息子が放蕩《ほうとう》の限りを尽くし、古くからいる役員たちも匙《さじ》を投げて、業績も下がっているのだと聞いた。

「このままだと、つぶれてしまいますよ」と、母の葬式に来た役員は、恨み言をこぼしていた。

「全部、あの女帝のせいです。自分の息子を社長にしたいがために、会社のために良かれと思って忠告する社員たちの首を切って、頭の悪いイエスマンしか残ってない。もともと経営のノウハウなんて、あの親子は何もわかっていないから、ひどい赤字なんです。それでも改善しようとしない」

役員はその言葉のあとに、「今さらですが、歩人さんが継いでいてくれてたら――」と、続けた。

祖父が築き、父も尽力した会社の状態が、そこまで悪化しているのはショックだった。

初めて怒りの感情らしきものが沸き上がった。今までは、自ら離れたのだからと知らぬふりをしていたが、母の告別式で姫乃と会社から香典も花も無かったのは、あんまりではないか。

さすがにこのまま会社をつぶしてしまっては、祖父にも申し訳ないと考えていたときに、歩人は古くからの役員から、封筒を渡された。その中には、姫乃の息子が、女性社員を無理やり押し倒してトラブルになった際に、姫乃とその女性社員の代理弁護士との間で話し合いをした際の録音データが入ったＵＳＢメモリがあった。

その中の会話によると、息子によるこういったセクハラ事案は初めてではなく、何度か姫乃が金を払い話をつけてきたとあった。

それだけではなく、姫乃の別れた夫が、「あの女は自分の息子を社長にするために、身体を使って重役を懐柔してんだよ。そういう女だ。自分の美貌の利用価値を知ってる。俺はそれに嫌気がさした」と話しているデータもあった。

歩人は事務的な口調で、姫乃の母から香典をもらった御礼をと、会社に電話をかけて姫乃と話した。

「つもる話もありますし、一度、食事でもしませんか。私も京都に戻ることを考えています。私たちの祖父の会社ですしね、今までお任せしたきりでしたけれど、私も無関係ではありませんから」

と、告げると、姫乃は「わかりました。私も歩人さんとは一度ゆっくり話さないととは思っていたんです」と答えた。その声に媚《こ》びがこめられているのに、歩人は苦笑しかけた。

こちらがどういう手で出てくるか、知りたいに違いない——ふたりは一週間後に食事をする約束をした。

東山の創作和食の店の個室に五分遅れで現れた姫乃は、貫禄《かんろく》のある身体に若草色の訪問着を身に着け髪を結い上げていた。年月は経っていたし、昔の少女のような面影と雰囲気が全く変わっていたけれど、顔を見た瞬間、歩人の胸の中でざわめきが起こる。

「お久しぶりです。母の生前は何かとお世話になりまして」

そう言ったのは、嫌味のつもりだったが、姫乃は「こちらこそ、子どもの頃から可愛がってもらって……仕事でお葬式に行けへんかったのが申し訳ないです」と、悲しい表情を作り答えた。

当たり障りのない話などをしながら食事をし、「あまり人には聞かれたくない話なので」と、近くの個室のあるバーに歩人は姫乃を誘う。

そして、「私の祖父が大きくした会社ですから、悪い噂《うわさ》を耳にして、ほっとけなくて」と、録音データの存在が自分の手元にあることを姫乃に話した。

姫乃は顔色を変えず、水色のカクテルを口に運ぶ。ここに来たときから、覚悟はしているように見えた。

「……息子のことでは、私もずっと頭を悩ませています。血のつながった息子は、可愛いもんなのは歩人さんかてわかるでしょ。母親やから、あの子のためには私は何でもしてきました。それを悪いことやとは、思わへん」

そのためには、好きでもない男とでも寝るのか——歩人はそう口にしたい気持ちを抑えた。かつて、自分の腕の中で男を知った女だからこそ、怒りよりも憐《あわ》れみに似た感情が沸き上がった。

「母親だから、か。僕の母親は、自分の父が築いた会社が、あなたの息子によって業績を悪化させられたことも気にしていました。家を出て東京に行ったのは、あなたとのことがあったとはいえ僕の意思だけど、母に申し訳ないことをしたと思っています。祖父も母も、僕が継いでくれることを望んでいたようですし、僕の責任もあります。役員や株主たちから、いろんなことが僕の耳にも入るぐらいですし、さぞかし内情は、大変だと察します。息子さんのスキャンダルも、表ざたになればマスコミも放っておかないでしょう」

歩人がそう口にすると、姫乃の肩がぴくりと動いたような気がしたが、うつむいて表情はうかがえない。

「歩人さん――」

意を決したように顔をあげた姫乃の目は潤み、薄い桃色の唇は半開きで、歩人の膝に手を添えた。

「私は、あなたとのことは、ずっと忘れられへんかったんやで」

この女は自分に媚びを売っているのだ――歩人は、姫乃の手の上に、自分の手を置いて、ぎゅっと握った。

こんな安物のホテルでよかったのかと聞くと、姫乃は「うん、昔と同じようなところでええで」と答えたので、かつて何度も逢瀬《おうせ》に使ったインターチェンジ近くに向かった。何しろ三十年の月日が経ち、どこのホテルに入ったかなんて忘れてしまったが、せっかくだからと一番派手で目立つお城の形をしたホテルに入った。

「ほんまに久々やわ、こういうところ」

駐車場に車をとめると、姫乃がそう言った。

「女帝」は、普段、高級ホテルでさぞかし金のある男たちに抱かれてるんだろうという嫌味を口にしそうになるのを、歩人はとどめる。自分だとて、妻以外の女と寝ることはあるが、街中のホテルは今は昔と違い、ラブホテルでも洗練されてスタイリッシュだ。

ホテルに入りパネルを見ると、ほとんどの部屋は使われていた。二つ空いている部屋のうちから、千円ばかり高価な部屋のボタンを押し、フロントから鍵を受け取りエレベーターに入る。

「こんなところ、誰かに見られたら困るだろ」

「そやね……でも、独身やから、自由や」

エレベーターを降り、部屋に入る。

「うわっ」と、思わず声を出してしまったのは、部屋の真ん中に小さなメリーゴーラウンドがあったからだ。白くて金色の毛の馬が二匹、棒で支えられている。

「ここ……覚えてる」

姫乃がそう口にして、歩人も思い出した。

身も心も結ばれてまもない頃、この部屋に入ったことがあった。歩人は気恥ずかしくてできなかったが、姫乃が馬の上に載ってスイッチを入れて、はしゃいだことがあった。

鏡張りの天井も、あのときのままだ。

絡み合う自分たちの姿が映されて、姫乃は恥ずかしがっていたが、歩人は興奮した。

「まだ残ってたんやね。こういうホテル」

内装は綺麗だから、改装でもしたのだろうか。けれど風呂場も広く、古いホテルの作りだ。

そしてそんな部屋で、きちんと訪問着を身に着けている姫乃は、不似合いで、ここに連れてきたのは自分のはずだったが、歩人は少しばかり申し訳ない感情が湧き上がる。

歩人は立ったまま、姫乃の肩をつかみ抱き寄せ、唇を合わす。舌の入らない、ふれるだけのキスだった。

「着物——皺ができたらあかんから、自分で脱ぐな。そのあと、シャワーも浴びさせて」

昔だったら、そのまま押し倒しての愛撫《あいぶ》を許してくれただろうが、そういうわけにはいかないらしい。歩人が身体を離すと、姫乃が背を向けて、帯を解く。

ラブホテルのメリーゴーラウンドと、鏡張りの天井と、美しいけれど五十を過ぎた着物姿の女のアンバランスさを、歩人はじっと眺めている。

着物を脱ぎ畳んで、腰紐《こしひも》を解いたところで、姫乃はふりむいて、「恥ずかしいから、見んといて」と、はにかみながら歩人に言った。

言われた通りに歩人はソファーに腰掛け、目をつぶる。ドアの開く音がして、姫乃が浴室に入ったのがわかったので、目を開けた。部屋の片隅にきちんと着物と帯、襦袢《じゅばん》が畳んで重ねてあった。

昔の姫乃は少々だらしないところもあり、脱いだ服はそのままにしていたから、帰る間際に靴下がないなんて騒いだり、そんな出来事もあったのに。三十年の歳月は、女を別人にしたのだと改めて思った。

姫乃がバスタオルを身体にまいて、浴室から出てきた。歩人は立ち上がり、さっと服を脱いで入れ替わるようにして浴室に行く。

昔なら、すべて衝動で、ホテルに行ってもお互いの匂いを洗い流すことさえもったいなくて、すぐに抱き合っていたのに。大人になるというのは、なんと行儀よく、つまらなくなることだろう。

シャワーを浴びながら、歩人はうなだれたままの自分のペニスに手をやる。ホテルに来たはいいものの、心配なのは、勃《た》つかどうかだ。年齢的なこともあり、自信はなかった。薬でも飲んでおけばよかったかもしれないけれど、今日はもともとこういう流れになるとは思わなかったのだ。

プライドが高い「女帝」が、やすやす昔の男に抱かれるなどとは。しかも、向こうから誘いをかけてきたのだ。何かしら歩人の動きを封じる手段をこうじるとは考えていたが、まさか、だ。

それだけ切羽詰まっているのかもしれないとも歩人は思った。けれど、同時に、自分には、まだ女として価値があるのだと思っているのが、憎らしくも思えた。

浴室を出て、メリーゴーラウンドの馬が視野に入ると、笑いがこみあげてきた。

五十を過ぎた、そこそこ社会的地位のある男女とは不似合いだが、もともとセックスなんて、滑稽なものじゃないか。

姫乃はバスタオルを身に着けたまま、ベッドの上に横たわっている。

部屋が暗かったので、ベッドサイドの照明のスイッチを入れると、姫乃が化粧を直したことに、歩人は気づいた。素顔を晒《さら》すのは、抵抗があるのだろう。恥ずかしいからと懇願され、もう一度照明を暗くする。

歩人は手を伸ばし、姫乃の身体を覆うバスタオルを剝ぐ。

「がっかりせんといてな」

姫乃が横を向いて顔をそむけたまま、小さな声で、そう口にした。

「それはこっちが言わなくちゃいけないことだ。俺だって、もう、年だから上手くできる自信はない」

そう言いながら歩人は姫乃を仰向《あおむ》けにして、唇を重ね、どちらからともなく舌をからませた。

ここまで来たら後戻りできないと、歩人が姫乃の首筋を吸うと、「ぁあっ」と声が漏《も》れた。乳房を上から包み込むようにふれると、堅くなった先端が手のひらにあたる。正直、やはり昔と比べ弾力は失っているが、そのぶん、柔らかい。そうだ、ここが感じるはずだったと、歩人は身体をずらし乳房の先端を唇に含み、舌を動かす。姫乃は身体をよじらせ、両脚が開いたのがわかった。

「昔と同じところが感じるんだな」

そう口にすると、姫乃は「いや……」と顔を背け、首筋が赤くそまったのがわかった。ちゃんと感じてくれているのだと安心すると、歩人の身体の奥からじわじわと広がるものがあり、少しばかり自分の肉の塊が堅くなりつつあるのがわかった。

身体をずらしながら、歩人は姫乃の身体に唇を這わす。やはり全体的に肉付きはよくなっており、下腹部もぽっこり出ている。妊娠線らしきものも視界に入った。

処理されていない繁みに目を凝らすと、白髪があるのがわかった。失望などしないけれど、やはりここにいるのは五十を過ぎた女だと改めて思う。

両脚を開かせると、姫乃が「ぁあっ」と、声をあげた。

薄闇の中でも、形はわかる。左右バランス良く小さなフリルにおおわれ、昔のままだ。かつて初めて姫乃の秘部を見たときに、顔が綺麗な女はここも綺麗だと思ったが、そうは限らないのは今はよくわかっている。そして女のこの部分に、大きな差がないことも。

肉襞が重なる裂け目に、歩人は口をつける。

「そんなん——恥ずかしい」

姫乃が腰を浮かした。

確かホテルに行きはじめても、最初の数回は、姫乃のほうが恥ずかしがって、これをさせてくれなかった。けれど、何がきっかけだったか忘れたけれど、お互いの性器を同時にするようになってからは、よほど気持ちがいいのか大きな声を出されて驚きもした。

今も、姫乃は歩人の舌の動きに応じて、大きな甘えた声を出す。ラブホテルでよかったかもしれない。普通のホテルは、高級なところでも防音が利いていない場合がある。

「私にも、させて——昔みたいに」

姫乃がそう口にするので、歩人はいったん身体を起こし、仰向けに横たわる。姫乃が歩人の頭のほうに尻を向け、覆いかぶさる形になった。

姫乃の唇が、少しばかり堅くなった歩人の肉の棒にふれる。舌先でぺろぺろと先端をくすぐるように舐めたあと、ぱくりと根元までくわえ込んだ。

久しぶりの感触だと、心地《ここち》よさに歩人は「うぅっ」と声を漏らした。

姫乃が歩人のペニスをくわえ、舌を添えたまま上下に動かしており、ちゅぱちゅぱと唾液が溢《あふ》れる音も聞こえる。

昔のことを明確に覚えているわけではないけれど、うまくなったと、歩人は思った。最初の頃の姫乃は、ペニスを口にするのにも抵抗があったようで時間がかかったし、舐《な》めてくれるようになってからも、ただ口を上下するだけで精一杯だった。けれど、そんな一生懸命さが、愛《いと》おしかったのだ。

年月を経て、おそらく何人かの男とも恋愛をしている姫乃は、知らぬうちに技巧を身に着けていたのは、わかる。口で男を悦《よろこ》ばし、射精させるすべを覚えている。それは、当然だろう。自分しか男を知らない、かつての姫乃ではないのだ。多くの男たちに美貌を称賛され、権力を持った「女帝」だ。

歩人が目をあけると、そこには剝《む》き出しになった姫乃の性器があった。排泄《はいせつ》の小さな穴も、昔とかわらず楚々《そそ》として存在する。最初にこの形になったときは、人間としてしてはいけないことをしている背徳感があってひどく興奮した。そして美しさを称賛されていた姫乃が、こんな獣のような姿を見せるのは、自分の前でだけだというのが、誇らしかった。

歩人は目を閉じて、姫乃の性器に舌をのばし、縦の筋に添うように動かす。

姫乃の腰が、ぴくりと一瞬浮いたので、歩人は両手を姫乃の腰に置き自分のほうに引き寄せる。指が姫乃の腹の肉に食い込む感触があった。見かけよりも、肉がついているようだが、それは仕方がない。

歩人は、舌を動かし続ける。

視界を封じると、浮かんでくるのは、若くて美しい頃の、姫乃だ。すらりとした脚、真っ白な肌、抱き合うときはときどき首筋が紅に染まるのが、本当に感じてくれるのだと嬉しかった。

誰もが称賛していた美しい女が、自分のことを愛してくれ、肌を許してくれた。抱き合うたびに、幸福を感じていたし、純粋に愛していた。

いとこ同士だからという理由で一緒にはなれなかったけれど、でも、本当に愛し合っていたならば、駆け落ちだってできたのではないかという想いは、今でもぬぐえない。結局、お互い、親に従うしかなかったというのは、それだけのものだったのだ。

今は、どうして、こんなふうになったのだろう。

裸になり、お互いの性器を口で愛撫しているが、そこにはもちろん愛などない。

姫乃のほうは、打算しかないはずだ。息子と自分の立場を守るために、創業者の孫である歩人の口封じなのかなんなのか、抱かれたいそぶりを見せて、自分はそれに乗っかった。

人間は三十年経つと、かつてあれほどまでに愛した相手でさえも、身を守る道具に使えるのだ――。

ふと歩人は目をあける。

鏡張りの天井に、ふたりの姿が映っていた。

白髪頭の男のペニスをくわえた女が、必死に頭を上下させている。

女の背中には肉がついていて、くびれもない。腹の肉が合わさり、汗が垂れてきているのに気づいた。

かつて恋人同士だった男女が、老いた姿をさらしている。

なぜ自分は姫乃の誘いに乗ったのか――もう若くない女の醜悪な姿を見たいがためだった。若さと美しさで周りを圧倒していた女が、盛りを超えて醜い肉の塊になり、恥じる様と、女の武器を失っても、女を使わざるをえない無様な姿を見たかったからだ。

復讐《ふくしゅう》――その言葉が、歩人の脳裏に浮かぶ。

自分は復讐するために、ここに来たのだ。

安物のラブホテル、そんな空間が、女のプライドを揺るがす復讐の舞台には相応《ふさわ》しい。

けれど、そんなセックスでは、勃たない――。

「もう、いいよ」

歩人は声をかけた。

姫乃は顔をあげ、「私があかんの」と、言った。

「勃たないのは、年のせいだからだ、たぶん」

お前にはもう女としての魅力がないからだとは、言えない。それを口にすれば、一番の復讐になるのは知っていたけれど。さすがにそこまで残酷にはなれなかった。

そして姫乃は、太りはしたけれど、同年代の女の中ではじゅうぶんに魅力的なほうで、抱きたい男だっているだろう。

けれど、これ以上、すすむと、かつて愛した女を穢《けが》してしまうだけだ――そのことに歩人は気づいた。

歩人は姫乃の身体から離れ、ふたりは無言で、ベッドでお互い背中を向けていた。

三時間の休憩は、まだたっぷりと余裕がある。

「……高校の卒業式のあと、嵯峨野に行ったの覚えてる?」

姫乃が、ふいにそう口にした。

「覚えてるよ」

ふたりがつきあいはじめた日じゃないか、忘れるわけがないと、歩人は口にしかけて、やめる。

「あのとき、檀林皇后の話をしたのも」

「それも、覚えている」

本当のことを言うと、今初めて思い出したのだ。普段は、考えたことがなかった。

「アメリカにいるときに、帰国してたキャサリンと再会してん。檀林皇后のことを教えてくれた友達――彼女にだけは、歩人のことを打ち明けた。そしたら、檀林皇后のいとこの橘逸勢《たちばなのはやなり》のことを教えてくれた」

橘逸勢――どこかで聞いたことがある名前だとは歩人は思った。

「檀林皇后と橘逸勢はいとこ同士で、好意を抱いていて……っていうふうに書いた小説もあるんやて。でも檀林皇后は嵯峨天皇に嫁ぎ、橘逸勢は遣唐使で中国に行き……のちに承和《じょうわ》の変ていう政争にからんで橘逸勢は伊豆《いず》に流罪になる途中で亡くなって、その承和の変には、檀林皇后も関わってたと言われてる。いとこ同士が敵対関係になり、男は罪を背負ったまま亡くなって怨霊に……」

何がいいたいのか、わからなくもないけれど、わかりたくもない気がした。

「俺は恨んでなんかいないよ。ただ、悲しいだけ。知りたくもない話も、たくさん耳に入るし。でも、京都を離れて帰ってこなかったのも、自分の意志だから、怨霊になんてならない」

けれど、かつて愛した女の変貌——年齢を経た容姿だけではなく、権力をふるう様は見たくなかったのだ。

そのくせ、女の誘いにやすやすと乗ってホテルまで来てしまったことを後悔もしていた。

「……会わなければよかった。ホテルに来なければよかったって、思ってるやろ。私だって、わかってる。再会しなければ、歩人のなかで、美しい思い出のままでいられたのは、承知してる」

姫乃は背中を向けたまま、話し続ける。

「私は、生きていくために戦いもしたし、他人から見たら恥ずかしい、みっともないことだってやったけれど……男の人たちは、みんな私の容姿を称賛して勝手な幻想を抱いて崇拝して——でも、私だって生身の人間だから、汚いところだってある」

お前はそれを俺に見せつけるために、誘ったのか——。

歩人は言葉を発する代わりに、身体を起こし、部屋の真ん中のメリーゴーラウンドを避けて、無言で浴室に向かう。

すべて洗い流してしまいたかった。

汗も、記憶も、何もかも。

「歩人、ごめんなさい――」

背中の向こうで聞こえる姫乃の声だけは、昔のままだった。

おさかべ姫

お手紙、ありがとうございます。

あなたが身体《からだ》を悪くし、身の回りの世話をしている女性を探していると聞いて、僭越《せんえつ》ながら介護の資格を持つ私の知り合いの娘さんを思い出して、紹介しました。

富子《とみこ》——彼女は若いけれど、働き者です。あなたの奥さんや娘さんとも仲良くされていると聞いて、ホッとしています。

あなたの息子さんが、富子のことを気にかけているようで、「もし彼女が嫌でなければ息子の好きなようにさせてやりたいが、生まれ育ちや家族について知っていることだけでいいから教えてくれないか」と、手紙にはありました。

そうして、もう自分は癌《がん》が再発して、そんなに長く生きられないだろうから、私に一度会いたいとも、書いてありましたね。

不思議なものですね。長い間、会ってはいないけれど、こんなやり取りをあなたとできるようになるなんて、お互い丸くなったのか、過去を水に流すことができたのか。どちらにせよ、嬉《うれ》しいことです。

私も四十歳を過ぎて、世の中を見る目が変わりました。ときどき、過去をふりかえり、反省したり、思い出に浸ったりもしています。

私は元気です。相変わらず姫路《ひめじ》で喫茶店の雇われ店長として働いていますが、純喫茶ブームというのか、お店はそこそこ忙しくしています。

国宝の姫路城も、改修工事をして真っ白になり、駅周辺も大きく変わりましたが、私は相変わらず独り身です。あなたは心配してくれていますが、どうも私は家庭を持つ自信がありませんし、何よりも気楽なのです。

あなたに会うべきか、どうしようか、私は数日間、考えました。こうして距離のある関係のほうが、お互い穏やかに過ごせるのではないかとか思ってもみたり、いや、会って手を握り合うべきか、と。

悩んだあげく、私はあなたに話そうと決めたのです。

この二十年間、誰にも打ち明けられずにいた、私の秘密を。

そして、母のことを。

それを知った上で、あなたが私に会いたいと思うかどうか、決めてください。

生まれ育った京都の地を離れ、母の故郷である兵庫県の姫路市に引っ越してきたのは、私が十八歳のときです。高校三年生でもうすぐ卒業という時期でしたが、大学受験どころではない状況でしたし、結局、卒業式も出席できませんでした。

京都の呉服屋の跡取り息子である父は、学生アルバイトであった母と惹《ひ》かれ合い、母は大学を中退して父と結婚し、すぐに私を産みました。

母にとって父は初恋の人だったのだと、そっと教えてくれたことがあります。初めて好きになった人と結婚できて、どれだけ幸せだったのかも。

母は父のことを「お父さん」ではなく、ずっと「啓二郎《けいじろう》さん」と呼んでいました。いつまでも出会った頃の恋人同士のままでいたかったのでしょうか。

けれど私が中学生の頃には、夫婦関係は完全に破綻していました。父が家に戻ると、母は「どこに行っていたの」と責め、喚《わめ》きたてました。父は声を荒げることなく、静かに「被害妄想だ。お前の心配しているようなことはない」と反論していたのを覚えています。母が少々神経質であったのは、私も子どもも心にわかっていました。

そんな暮らしに耐えられなくなったのか、父は家を出て、私は母とふたり暮らしになりました。母はその頃から酒をひとり家で飲むことが増え、泣きながら父に電話をしているのを何度も聞いたことがあります。

啓二郎さん、あなたのために私は大学をやめて、未来をあなたに託したのに。私の人生すべてをあなたに捧《ささ》げたのに。私の将来をむちゃくちゃにして、どうやって責任とってくれるの。私が苦しいのは、ぜんぶあなたのせいだ——などと喚いていたのはよく覚えています。

四十歳を超えた今となっては、父の気持ちもわかるのです。世間知らずのまま若くして結婚した母は、父に依存しきっていて、それも重圧となっていたのでしょう。父は息子だった私から見ても、背が高く見栄えもよく、女性にモテただろうというのもわかります。成長するにつれ父とそっくりと言われるようになった私も、自分で言うのは恥ずかしくもありますが、女性には好かれるほうですから。

そして、あの頃、父は現在の奥さんと既につきあっていたのは薄々感づいていました。だから母が父を責めたてるのは、あながち被害妄想でもなかったのです。

父は弁護士を立てて、母と離婚協議をはじめました。父は別れたくてしょうがなくて、母は離婚など絶対にしたくないのですから、平行線です。親戚や父の会社の関係者たちも、最初は母に同情的でしたが、あるとき母が髪を振り乱し刃物を手に、父の店に現れて「女を出せ！　人の男をとる泥棒猫！　どこに隠れてるんだ！」と喚く事件があり、それが決定的になり、父の要求通りに離婚が決まりました。

最終的に母に決断させたのは、私です。母があまりにも哀れで、痛々しくて、見ていられなかったのです。「僕がお母さんを守るから。離れないから。お父さんみたいに、お母さんを傷つけないから」と、離婚届に印を押させました。

そうして母は故郷の姫路に帰り、私は大学受験どころではなくなり浪人を決めて、一緒に兵庫の地に向かいました。京都と姫路は、JRの新快速ならば一時間半ほどだし、新幹線でだって行けるけれど、ずいぶんと離れたところに来たと思った記憶があります。

母の故郷なので、それまで何度か行ったことはありますが、住むとなると話は別で、友人たちとも離れ、ひどく寂しい想いで新快速の窓からの景色を眺めていました。

母の実家は市街から離れた小さな一軒家で、そこには母の母、祖母がひとりで暮らしていました。母の姉は結婚して外国におり、母の父は病気で既に亡くなっていました。けれどその時点で、ずいぶんと祖母もボケていて、周囲のすすめで施設に入り、私と母のふたり暮らしになりました。

私は予備校に行く気にならず、自宅で勉強することに決めました。でも実際は勉強どころではありません、母が心配だったのです。

離婚した母は、食も細くなり、相変わらず酒を手放すことができず、眠れないようでした。医者に行こうと私が言っても、人に会いたくないと家を出ないのです。今考えると、その時点で、何らかの手段を使って病院に連れていくべきだったのかもしれません。しかし私も若く、大学受験の勉強に集中できない自分の境遇が悲しくて、母と同じように父を恨みながらやさぐれて、人生を捨てた気になっていました。今なら、父もしんどかったのだというのがわかるけれど、あの頃は、息子である私に対して愛情がないから離れていったんだとしか思えませんでした。

母が「息子をとらないで」と、父に私との接触を一切絶つように言っていたと知ったのは、ずいぶんとあとのことです。当時は、私は母と共に父に捨てられたのだと信じていました。

毎日、母とふたりの陰鬱な生活を送っていました。

私が封印していた秘密――おぞましいと人に言われるような出来事が最初に起こったのは、姫路で暮らしはじめて一ヶ月も経《た》っていない頃です。

私の寝室は二階にあります。その夜は、やっと寝入った頃に階段をあがるぎしぎしという物音で、目が覚めてしまいました。あの頃、私自身も不安定で眠りが浅かったのです。この家には母と自分しかいませんから、物音のことはたいして気にすることもなく私はもう一度眠ろうと目を閉じました。

記憶にあるのは、私のベッドに、むぅうっと汗まじりの匂いがするものが入りこみ、私を抱きしめるように手を伸ばしてきた、あの感覚です。

母だと、すぐにわかりました。母は姫路に来てから、風呂も嫌がるようになり、私が無理やりすすめて三日に一度シャワーを浴びるだけで精一杯だったので、ときどき臭いがしたのです。けれど肉親であるせいか、私にとって嫌な匂いではありませんでした。

私は部屋の鍵はかけていません。母が「お前まで私を邪険にするのか」と怒るからです。それでもこんなふうに、夜中に入ってきたのは、はじめてのことでした。

そして私は母が何も身につけていないことにも気づいてしまいました。母の腕が私の背に腕を回したまま、私の胸に顔を埋めます。抱きしめて欲しいのだ、寂しいのだと思うと、私は憐《あわ》れになり、母の頭を抱きました。そうして、母がずいぶん痩《や》せてしまったのに、胸が痛みました。もともと、少しふっくらして、柔らかくて、いい匂いのする人だったのに。

父に依存しきっていた母は、自分の核となる存在を失い、壊れていました。

そんな母が私の胸の中で、「寂しい」と泣きそうな声でつぶやき、私は母を払いのけることができなかったのです。

「啓二郎さん」

と、母は父の名を呼びました。

私は成長するにつれ、父に似てきたといろんな人に言われました。

母が壊れてしまったのは、私のせいかもしれないと考えたこともあります。私が母のそばにいるので、母は父をどうしても忘れられないのではないか、と。

母は父の名を呼んだあと、しゃくりあげるように泣き始めました。私のパジャマの胸の部分が母の涙で濡《ぬ》れているのが、わかります。それでも私は、母を撥《は》ねのけることができません。

あまりにも哀れで、頼りない、小さな母。

「大丈夫だから、ここにいるから」

何が大丈夫なのか自分でもよくわからずに、私はそう口にしました。母が寂しくてたまらないのであれば、こうして父の代わりになり抱きしめるぐらいいいではないか、それで母の気が済むならばと思っていたのです。

その夜は、同じ布団で母を抱きしめたまま、眠りにつきました。普段、不眠気味だったのですが、深い眠りを久々に味わえたのは、人肌が心地《ここち》よかったからでしょうか。

母はその翌日も、黙って私のベッドに入ってきました。朝になると我に返るのか、何も言わず自分の部屋に戻ります。心なしか、母が飲む酒の量が減った気がして、安心しました。飲み過ぎて、寝床に嘔吐《おうと》物をまき散らした母の後始末を何度かして心配していましたから、お酒はもう飲んで欲しくなかった。

そんな夜が続いて一週間ほどしてから、私は自分の身体の変化にも気づいていました。瘦せて華奢《きゃしゃ》になった、無力で可哀《かわい》そうな母の乳房がときどき私の手にふれ、脚を絡みつかせてくると、身体の奥にこそばゆいような、疼《うず》きが芽生えていたのです。そして母も、私の身体が反応しているのに気づいたようで、ある夜、そっと堅くなっていた私のペニスが握られる感触がありました。

私は童貞ではありません。高校三年生の、家が荒れていて鬱屈を抱えていた頃、衝動的に、以前から知識だけはあった「女が買える場所」に行ったことがあるのです。

繁華街に行けばケバケバしいネオンと、客引きの男たちが立っていましたが、そうではなくて、私はもっと静かなところを求めていました。

そこは、京都の五条、鴨川《かもがわ》の近くにありました。今はもう、警察の手入れにより消滅していると聞いています。

灯が漏《も》れる古い家の前で、「お兄ちゃん、どうや」と老いた女に声をかけられ、私は誘われるがまま吸い込まれるようにその家に入りました。若い子なら、若い女のほうがいいねぇと、部屋に案内してくれた女は口にしましたが、現れたのは肉付きのいい、おそらく四十歳を過ぎた女でした。若くはなかったけれど愛嬌《あいきょう》のある人で、初めてだからやり方がわからないと告げると、丁寧に導いてくれました。

あとになって知ったことでしたが、あのあたりではその女はじゅうぶんに若いほうだったのです。そこには、何度か通いましたが、姫路に引っ越すことになり、それきりです。

私は父に似て見栄えも悪くはないので、同級生に告白されたことも何度かあり、ふたりで映画を観《み》に行くようなこともしましたが、恋愛ドラマと同級生の噂話《うわさばなし》しか興味がない、無邪気さを装い幼く振舞って媚びを売る女の子との会話は苦痛で面倒なだけで、お金でセックスを買う方が気楽でした。

母とああいうことになったのに抵抗が薄かったのも、初体験の相手が母ほどの年齢の女だったからかもしれません。

　母は私のペニスを握り、上下に動かしました。久しぶりの女の手のひらの中で、臍《へそ》につきそうなほど反ってくるのがわかります。

　もちろん、異常な行為だというのは承知しています。翌日は、とんでもないことをしてしまったといううしろめたさでトイレで何度も吐きました。けれど、母とふたりきりの生活の中で、それはとても自然なことでもあったのです。この世界には私たちふたりしかおらず、そしてそのふたりは男と女でした。

　母が求めているのは父であって、私はあくまで父の代わりだとはわかっています。そして私は母が可哀そうで、これ以上壊れて欲しくないから、母の望みに応えていたつもりでした。

　離婚届に判を押させる際に、「僕がお母さんを守るから。離れないから。お父さんみたいに、お母さんを傷つけないから」と口にした私は、母の騎士になった気分だったのかもしれません。間違いないのは、母に必要なのは、母を愛する男の存在でした。けれど父は、もう母を愛しておらず、別の家庭を持っています。

　母は可愛らしい人でした。若くて、私が子どもの頃は、自慢の母でした。そんな母がこんなにも傷ついていると思うと、逃げることなんて考えられなかった。

「啓二郎さんの――」

母は愛《いと》おしそうにそう口にして、身体をずらし、私のペニスを握ったまま口にしました。舌先で、魚の尾ひれのように先端の鈴口を弾《はじ》くように舐《な》めてきます。細やかな刺激に、私の身体の奥から熱が発し、全身に広がっていきました。もう、どうしようもない、抗《あらが》うことができないと、覚悟を決めたのはその瞬間かもしれません。

母は私のペニスを口に含み、上下し、私は快楽のあまり声を出しました。

「嬉しい」と、母は身体を起こし、そう口にしました。

そんな母がいじらしくて、私は彼女の頭を撫《な》でます。

口の中で出してしまうのは、母を穢《けが》してしまうような気がして、寸前になり私は「こっちに来て」と、口を離させ、母の身体を引き寄せるようにして抱きしめます。

唇を合わせてきたのは、どちらからともなくとしか言いようがありません。

私の腕の中の母は、力を入れるとくしゃと音を立てて壊れてしまいそうなほど痩せていました。それが、ひどく、悲しかった。

どうして、こんなことになってしまったのか。

あのときは、父を恨んでもいました。他の女に心を移し、母と息子を捨てた父を。

私たち親子が姫路に移ってからすぐに、父は新しい妻との間に男の子どもを授かったと聞きました。その後、女の子も生まれたと。

父とその家族がいる京都には、二度と戻らないと決めてもいました。

大学受験の勉強も手につかず、友人もいない土地で、未来など全く見えない日々の中ですが、だからこそ私という存在をどうしようもなく必要としてくれる人がいるのならば応えねばという気持ちでした。

いいえ、それは言い訳に過ぎないかもしれない。

ただ、若いから、肉欲に負けてしまったのでしょう。たとえ相手が母であったとしても、私の欲望は女の肉体を必要としていました。

私は母の乳房にふれました。豊かだったはずの乳房も、張りを失っています。それでも顔を埋めると、心地よかった。

人肌が恋しい。人肌は心を救うのです。何よりも、人肌ではないと替えがたい孤独があるのです。私も、母も、そうでした。

私が母の身体に口づけすると、母は小さく声を出して悦《よろこ》びます。いつから母は父にふれられていないのでしょう。もちろん、そんなことは聞けないけれど、長い間、母は父にこうされたかったのは間違いないのです。

私は処理されていない母の繁《しげ》みを指で探り当てます。母は身をよじりますが、悦んでいるのは、そこの湿り具合でわかりました。驚くほど、そこはぬるい水を溢《あふ》れさせていて、私を待っていたのです。

寂しい、欲しい、恋しい――そう訴えるかのように、母の粘膜は潤っていました。母は飢えていました、人に、男に、父に。私は母の欠落を埋めるかのように、堅くなっていた肉の棒を母の粘膜に沈めます。ずぶりと何も隔てるものがない互いの性器が合わさって、私はその心地よさに「うぅっ」と声を漏らしました。

私の下になり、目を潤ませ頬《ほお》を上気させている母は、まるで少女のように愛らしく、幸福そうに喘《あえ》いでいます。母の粘膜は私のペニスにすがりつくように重なり合っています。

セックスとは、こんなふうに心と身体が求めあうものだと、初めてわかりました。今まで、女を金で買ったことしかなかった自分は、何も知らなかったのです。たとえ母が求めているのが、私の姿かたちを借りた父であったとしても、今、この瞬間はお互いが強く惹かれ合ってつながっている――あんな幸福な時間はなかったと、未《いま》だにときどき思い出します。

私は母の粘膜が心地よすぎて、我慢できずに離れる隙もなく放出してしまいました。母も咎《とが》めることをしません。あの頃は若かったこともあり、少しばかり休むと、またお互いが自然に手を伸ばし、再びつながりました。そうしているうちに、朝方近くになり疲労感が押し寄せ、眠ります。深い、眠りでした。

目が覚めると、やはり母は姿を消していましたが、下におりると、機嫌がよさそうに「おはよう」と、声をかけてくれました。髪を乾かしていたので、お風呂に入ったようでした。母が少しだけでも元気になってくれたのが嬉しくて、私自身が背負ったうしろめたさも、見て見ぬふりをしました。

あの頃は、母のためにと、本気で信じていたのです。

ふたりきりの生活で、時間の制約もなく、私たちは毎日、肌を合わせました。母は以前のように、食べて吐くこともなく、少しずつですが血色もよくなってきたようです。

止める者もおらず、閉ざされた空間の中で、私たちは毎日絡み合っていました。飽きないし、満たされることもないから、いつまででもできる。

私は幸福でした。他人から見たら、狂気の沙汰と言われようとも、私たちは幸せな時間を過ごしていたのです。

けれど母はいつまでたっても、私の名前を呼んでくれません。

「啓二郎さん……好き」

抱き合っているときでも、父の名前を口にします。

母の中に私は存在していないのか、いや、私が生まれる前の、恋人同士として一番幸福だった時代に戻っていたのでしょう。

私がひとり息子なのは、母が私を産んでから、両親の間に性的な交わりが無かったからなのではないかと、考えるようになりました。父親は母を女として見られなくなって、それでふたりの心が離れていったのではないか、と。

そうして父に触れられなくなった母は、じっと耐えていたのです。けれど父はよそに女を作り、母を捨てました。きっと姫路に引っ越して、ふたりになり、母は今まで堪《こら》えてきたものが溢れだして、私——父を求め始めたのです。

母は私のペニスにふれるのがとても好きなようです。少しずつ健康になったように見える母は、きちんと毎日シャワーも浴びるようになり、布団の中に入ってこられると、ふわっと石鹸の香りがしました。

私は母を抱き寄せるようにして、唇を吸います。母のほうから、舌をねじいれて絡め合い、私たちは何度も何度もキスをします。ときには、まだお互いの身体に触れたことのない恋人同士のような、唇ではじくだけのキスも。

そんなとき、母は恥ずかしそうに身をよじらせます。きっと父と恋人同士になったばかりの母は、そのような仕草をして、父も愛らしく思っていたのでしょう。

私とて、母が可愛《かわい》くてなりません。

私がいないと生きていけない、私を求めてくる、可哀そうな母を。

私は母の耳、首筋、頬、胸に唇を這《は》わせます。舌をつかわずとも、母は気持ちがいいのか可憐《かれん》な声をあげます。

だいぶましになったとはいえ、やはりまだまだ母の身体は痩せていて、華奢で、目をつぶると、少女を抱いているようで、いけないことをしている気分になります――実際に、いけないことをしているのですが。

薄い胸の小さな乳房の先端だけは、大きく尖《とが》っています。私はそこも口に含んだまま、舌で円を描くようになぞります。

そうしながらも、指は両脚の狭間《はざま》にある秘密の部分を探るのです。

たどり着いたその先は、いつもやっぱり濡れていて、母がどれだけ私を待っていてくれたのか、伝わってきます。

指をすべりこませ、そのまま人差し指と中指を縦の筋に沿って動かします。それだけでもうたまらなくなるのか、母は身体をよじって声をあげてきます。

でも、嫌がっているわけではないのも、わかっている。

「もっと、もっと」と、ときには求めてくることもありますから。

私は指を折り曲げると、たやすく母の粘膜にふれさせることができます。

そうして動かすと、にっちゃにっちゃと音があふれてきます。もしも私がもっと女を知っていて、若くもない、余裕がある男ならば、母をじらして悦ばせることもできたのでしょうけれど、そんな駆け引きの術も知らず、我慢できずに母の上になり、ふれられずとも堅くなっているペニスを差し込むしかできませんでした。

私が腰を動かすと、母はときどき、涙を流して悦びます。

「嬉しい、啓二郎さん、好き」

やっぱり母は、父の名前を呼びます、二十年分の寂しさが、溢れてきているようで、母は私の背に手をまわし、抱き寄せるようにしてすがりつきます。

つながったまま唇を合わせると、私はもうたまらなくなって、「ごめん」と声を出すのが精いっぱいで、母の中に粘液を放出してしまいました。

汗だくになった身体のまま、母の上に果てて倒れこむと、母は子どもを慈しむように頭を撫でてくれます。そうして息を整えていると、母は私のうなだれたペニスを弄《もてあそ》びはじめます。私も若かったから、また堅くなってしまい、母に挑むことを繰り返していました。

ふたりだけの世界で、ひたすらセックスするだけの日々は、間違いなく幸福でした。社会から逸脱しているのはわかってはいますが、ならば社会なんていりません。

あの頃は、周りとも連絡を取り合っていませんでした。私を心配する高校の友達から連絡が来たり、海外にいる母の姉からも電話があったことがあり、放置するとまた面倒なことになるので、適当に返事をしたりしていましたが、私と母の存在以外のすべては、何もかもわずらわしかった。

祖母の施設への面会も全く行かなくなったのは、今思うと申し訳ないことをしたとは思います。

母が今どうなっているのかを知られたくなかったのは、病院に行けと言われるのがわかっているからです。母にとって必要なのは医療よりも、男の身体、父と似ている私が必要なのだと言ったって、気が狂ったと思われるだけでしょう。

そもそも、母と実の息子が交わっていることなんて、誰にも言えるわけがない。

あの日々が終わりを告げても、人に話したことはありません。

告白するのは、これが最初で、最後です。

そうして、私たちは、ただセックスするだけの幸福な日々を送っていました。

母は際限なく私を求めてきます。そして私も若さゆえに、それに応えられたから、続いていたのです。

ただ、父から送られてくる生活費だけでは心もとなく、私自身も大学進学を諦めていませんでしたからお金の心配はあり、アルバイトをはじめることにしました。フリーペーパーの求人誌で、お城の近くの土産物屋の店員を募集していたので、面接に行くとすぐに採用されました。

昼間はそうしてアルバイトで週に四回外に出るようになって、その間、母が静かに過ごせているか心配でしたけれど、バイトが終わるとまっすぐに帰宅していました。寂しかったと目に涙をためてすがってくる母を朝までたっぷり愛する日々で、睡眠不足ではありましたが、それも若かったからなんとかなっていたのです。

バイト先には、もうひとり大学生の女の子がいました。地元の短大に通う眼鏡をかけた背の高い娘で、彼女が私に気があるのは最初からわかっていましたが、女に興味がないそぶりをして期待させることなく接していました。

彼女は歴史が好きで姫路城のことにも詳しく、一度、お店の人の計らいで、ふたりで姫路城を回ったことがあります。私が「姫路城、一度も中に入ったことがない」と言うと、店主が「お客さんに、姫路城のことを聞かれたりもするから」と、彼女に私を姫路城に案内するように仕向けたのは、気をきかせてわざとふたりきりにしたのでしょう。

彼女――もう名前も忘れてしまいました――は、丁寧に説明をしてくれました。「番町皿屋敷」のお菊さんの井戸があるのも、私はそのときに聞いて、初めて知りました。

そして、姫路城の天守閣にいる妖怪「おさかべ姫」の話も。

「京都から来たんだったよね。じゃあ、上御霊神社って知ってる？」

そう問われて、近くに住んでいたと答えました。けれど、どういう神社かは、全く知りませんでした。

「井上内親王《いのえないしんのう》や、他戸《おさべ》親王が祀《まつ》られてるんだけど、ふたりはこの姫路城とも関係あるの」と、彼女は説明してくれます。

――井上内親王は、光仁《こうにん》天皇の后で他戸親王を産んだが、光仁天皇を呪詛《じゅそ》した罪で奈良の五條《ごじょう》に幽閉され、親子ともども同じ日に亡くなった。これは光仁天皇と他の后との間の息子の山部《やまべ》親王、のちの桓武《かんむ》天皇を皇太子の座につけるための藤原《ふじわら》氏の謀略だと言われ、平安時代になってから井上内親王と他戸親王は怨霊になり平安京に災いをもたらしたため、上御霊神社に祀られているのだと――

「そこまではよく知られているけど、俗説で、井上内親王と他戸親王は、実の親子なのに男女の関係を持ち、子どもを作ったなんて話もあるの。その娘は富姫《とみひめ》という名で、宿業を背負い妖怪になり、それが姫路城のおさかべ姫なんだって。姫路にある長壁《おさかべ》神社には、他戸親王——刑部親王と富姫が祀ってあるの。もともと姫路城があった姫山は富姫が幼い頃いたと言われていて、お城を建てる際に姫山にあった長壁神社は場所を移したらしいけど、今でも天守閣に刑部親王と富姫は祀られてもいるみたい」

「なんで、奈良で亡くなった親王の娘が姫路にいたの？」

「それは、ちょっとわかんない。そもそも江戸時代に作られた話だし、母親と実の息子が……なんて気持ち悪いもん。事実であって欲しくないよね」

不義の子・富姫は妖怪おさかべ姫となり、姫路城天守に住み、年に一度、歴代の城主と会い、城の運命を告げたと言われている——彼女はそんな話を続けていましたが、私は相槌《あいづち》を打つのに精一杯でした。

彼女が「母親と実の息子なんて気持ち悪い」と、口にしたとき、私は母との関係を何もかも見抜かれているような錯覚を起こし、心臓がぎゅっと縮こまるような感覚があり、息ができなくなりました。

私はその日、家に帰り、いつものように身体を寄せてくる母に手を伸ばしましたが、内心では何か大切なことを忘れているような気がしてならなかったのです。

そう、私たちは、一度も、避妊をしていませんでした。どうして気にならなかったのか、今でも不思議です。母はあの頃はまだ四十歳になったばかりで、まだまだ子どもを産める年齢だったのを、私は考えないようにしていたのかもしれません。けれど、だからといって母との関係をやめる気も、なかったのです。だってこんな快楽、他では味わえないと思っていましたし、何より私が母を拒んでしまうと、母はまた壊れてしまうのはわかっていましたから。

それにしても、おさかべ姫の話は、ずっと頭から離れませんでした。実の親子との間に出来た、妖怪となった不義の子の話が。

そのときから、何か予感はしていたはずなのに、私は今までと変わらず、母と絡み合う生活を続けていました。なるようになってしまえと思っていたし、今さらふたりが肌を合わせるのを、隔てるものなんて欲しくはありませんでした。

母は一ヶ月後に、「子どもができたようだ」と、嬉しそうに私に告げました。母は父の子どもだと信じているから、無邪気に喜んでいました。

完全に母は壊れていました。

私は母を病院に連れていきました。ずいぶんと若い父親だと、医者は少し怪訝《けげん》な眼で私を見ていたというのは気にし過ぎかもしれません。母はもちろん、堕胎する気などありませんでした。

母が普通ではないのは医者もわかっていたとは思いますが、関わり合いをおそれていたのか、そのまま母の腹は膨れ上がっていきます。

私は本当は、あのとき、誰かに助けを求めるべきだったのかもしれません。けれど、私と母の築いてきた世界が壊されるのも怖かった。

愛する人の子どもを宿したと信じて幸福そうな母を見守りながら、どうにもならないまま、私は母の出産を待つしかありませんでした。

お腹《なか》の中の子どもが女の子だと聞いたときから、私は名前を決めていました。

不義の子として産まれてきた娘の名前を。

母は無事に子どもを産み、家に戻ってきました。

子どもは母の子、つまり私の妹として出生届を出しました。

けれど一ヶ月も経たない頃、私がアルバイトから帰ってきたとき、母は赤ん坊がすやすや眠る部屋のパイプの洋服掛けに紐《ひも》をかけて首を吊《つ》って死にました。

どうして死んだのか、理由はわかりきっています。

きっと母は、正気に戻ったのです。

誰の子か、自分が何をしたのか、わかったのでしょう。

私はその後、大学受験を諦めて、今も世話になっている喫茶店で働きながら、子どもを育てました。

祖母は二年後に施設で亡くなり、そのまま家を残してくれたので助かりました。男ひとりで働きながら子どもを育てるのは容易ではありませんでしたが、さまざまな人たちのお世話になり、娘は立派に成長しました。

どこからか母が亡くなったのを聞きつけ、父から連絡が来ました。会うことはなかったけれど、ときどき手紙やメールのやり取りをはじめました。

父の今の妻は寛容な人のようで、私のことも気にかけてくれて、ありがたいことです。


あなたは――お父さん、もうお気づきでしょう。

私があなたに紹介した、あなたの世話をしている富子という娘が、誰の子なのか。

そして何故、私がずっと独り身のままなのか。

母と私の秘密を、富子の存在を、打ち明ける気など、ありませんでした。私さえ黙っていれば、誰もが穏やかに過ごせるのはわかっています。

お父さん、あなたが癌になり、死期が近づいていると知って、私はなんとか富子とあなたを会わせたい、父に捨てられた母が、どれだけあなたを恋しがっていたか、それを伝えなければ母が浮かばれないと思うようになったのです。

富子は、私と母の子ではありますが、あなたを生涯恋慕い続けていた母の子――あなたの孫でもあり、娘でもあるのです。

幸いにも、いい娘に育ってくれました。だからきっとあなたの息子さんも、好意を抱いてくれたのでしょう。

富子は、自分の出生については詳しくは知っていません。母は彼女が生まれてすぐ亡くなったことぐらいしか、話していません。

富子には将来がありますので、どうかお父さんだけの秘密にしておいてください。

娘を、妖怪にはしたくないのです。

けれど、お父さん、富子はお母さんによく似ているでしょ。

あなたと出会った頃の、お母さんに。

あなたに対する恨みは、すべて水に流したはずでした。

けれど、あなたを安らかな心のまま死なせたくないと思ってしまったのは、亡き母の想《おも》いが、私にそうさせてしまった気がしてなりません。

それはもしかしたら怨念《おんねん》かもしれないけれど、間違いなく、愛情でもあるのです。

あなたが裏切り、捨てた女の、あなたに対する愛。
お父さん。
啓二郎さん。
それでもまだ、私に会いたいと思いますか。

母の罪

音もなく、息子は私の家の玄関に立っている。

私が迎え入れると、息子は穏やかな顔をして、いつものように居間に入り、ソファーに腰をかける。

夜更けなのに、息子はきちんと髪の毛をととのえスーツ姿で、ネクタイを外すこともしない。母親の前でもくつろいだ姿を見せてくれないのが、少々寂しくもある。

「母さん、今日は誕生日だね」

息子はそう口にした。

「そう、もう六十歳になっちゃった」

私はいつまでも若々しい息子の前で、自分の老いが恥ずかしくもなり、つい顔を手で覆って隠してしまった。

息子は目の前に置かれたお茶には手をつけず、ただそこにいて、私をじっと見ている。

こんな夜にも、慣れてしまった。

＊

笙子《しょうこ》は、五十歳で閉経を迎えたのと同時に離婚して、引っ越した。ＪＲ山陰線の花園《はなぞの》駅近くの、平屋建ての古い一軒家に決めたのは、繁華街より離れてはいるが、京都駅に行きやすいのと、家賃の安さからだ。

京都の和菓子の老舗《しにせ》の跡取りである松宮清人《まつみやきよと》は、笙子と同い年で、二十五歳のときに友人の紹介で知り合い、すぐに結婚した。笙子は和菓子屋を手伝いはじめて、「若おかみ」と呼ばれるようになった。

その頃、まだ清人は副社長で、清人の父である松宮弘明《ひろあき》が経営を取り仕切っていた。弘明は、五十代とは思えぬほど若々しく精力的で、おとなしい清人とは全く似ていなかった。

古くからの従業員の中には、若い笙子を快く思わない者もいて嫌なこともあったが、いつもかばってくれたのは夫ではなく、舅《しゅうと》の弘明だった。

弘明の妻で清人の母である人は、笙子が松宮家に来る二年前に病気で亡くなったが、やり手の弘明は女性関係もお盛んだとは、店の人たちの噂話《うわさばなし》で聞いてはいた。

妻が生きているうちから、愛人が会社に何人もいたのだとも。

けれど、豪快に見えて細やかなことに気遣いもできる弘明は、魅力的だから女性のほうが放っておかないだろうと笙子は思っていた。

その点、清人は、結婚してからわかったが、少し配慮が足りないところがある。笙子が、仕事の愚痴を言っても、「それぐらい我慢してもらわなきゃ困るよ。嫌なことを言われたら、聞き流せばいい」で、済まされてしまう。笙子が古くからの従業員に意地悪をされても、「俺は親父《おやじ》の陰で立場弱いんだよ」と、それよりも、自分のほうが大変なんだという話がはじまるのが、しんどかった。

ふたりは実家を離れマンションで暮らしていたのだが、清人は一切家事をしない。自分の母親が完璧に家事をしていた人で、妻の仕事だと信じているのだ。母が亡くなったあとは家政婦にまかせきりだったらしい。

仕事と家事の両立はなかなか大変で、笙子は一瞬だけ専業主婦になることも考えたけれど、家に籠るような生活だと更に気が滅入《めい》るから、働き続けたかった。

結婚して数年経《た》っても子どもができなかった。

清人は淡泊な男で月に一度、義務のように笙子を抱くだけだ。そんなセックスが、気持ちいいはずがない。笙子が眠ってから、清人がこっそりアダルトビデオを見ながら自分でしているのも勘づいていた。

まだ二十代なのに、女として見られないのだという焦燥感は、自分で思うよりも体調や表情に現れていた。最近元気がないから気になるんだ、清人に話せないこともあるだろうと、弘明に優しく言われたときは、気にかけてくれている人がいるのだと嬉《うれ》しくて泣きそうになった。

友人たちに愚痴ると「玉の輿《こし》で結婚したくせに」と言われてしまい実家の母には「何の不満があるのだ、我がままだ」と返され、相談できる人もいなかった。

味方は、弘明だけだった。

話が面白く、細やかな優しい気遣いを見せる弘明に惹《ひ》かれてはいたが、夫の父だからと気持ちを抑えていた。けれど、弘明に「女として笙子さんは、まだまだ魅力的だ。こんな立場じゃなかったら」と、夫に内緒でふたりで飲んでいたときに、ふと漏らされると、身体《からだ》が熱くなって、笙子の寂しさに火が灯《とも》った。

「抱いてください」と口にしたのは、もう一生、誰とも肌を合わせない人生なんて耐えられないと思っていたからだ。切羽詰まっていた。

未《いま》だに、あのとき、弘明がいなければ自分は狂っていたのではないかとは考えている。

そして一度きりの約束で、ふたりで飲んだ創作和食の店が入っているホテルに、弘明が部屋をとった。笙子は、「今夜は友だちと遊んで遅くなるから」と、自宅の留守電にメッセージを入れた。

最上階のスイートルームで、部屋の広さに笙子は少し戸惑ったが、覚悟を決めた。セックスは、短大時代に少しだけつきあっていた男と、夫しか知らない。自分が望んだこととはいえ、夫の父親と何をしようとしているのだと考えると、とんでもないと恐怖を感じたが、後戻りする気にはどうしてもなれなかった。

最初で最後だ。

そして誰にも言わなければ、無かったことになる。

京都の町を見下ろす窓際に立っている笙子を、うしろからすっと弘明が抱きしめた。笙子は振り向いて弘明の唇に自分の唇を重ねる。弘明が、ぎゅううっと強く背中にまわした手に力をいれた瞬間、「私が欲しかったのは、これだ」と、笙子の身体に火が灯った。

許されないことだとはわかっているけれど、どうしても、欲しい。

欲しくて欲しくてたまらなくて、手に入らなければ、死んでしまう。

弘明は笙子のワンピースと下着を手早く脱がす。

噂通り、女の扱いにはずいぶん慣れている。

「シャワー浴びたい？　俺は別にいいけど」と言われ、「私もこのままでいい」と答えた。そんなふうに思ったのも、はじめてのことだった。弘明とは、お互いの匂いを洗い流さないまま、愛し合いたかった。

服を脱いだ弘明は、やはりがっしりとした体つきで、肌が滑らかで、手のひらが吸い付くようだった。

裸になり広いベッドに横たわり、繰り返し唇を合わせた。弘明の舌が笙子の口の中で這《は》いずり回り、ときに笙子の舌を挟んで吸う。

「キスだけで、こんなに気持ちがいいなんて、知らなかった」

唇が離れた瞬間、笙子がそう口にした。

「笙子は可愛《かわい》いな。本当に、魅力的だ」

弘明が、そう言うと、照れくさくて目を逸《そ》らしてしまう。

そんなふうに夫に言われたことは、今までなかった。

どうして自分は夫と結婚したのだろうとは、何度も考えた。出会った頃は好きだったし大事にもされたし、それがずっと続くと思っていたのだ。

何より、笙子は男というものを、知らな過ぎた。

男にもたらされる悦《よろこ》びも、男を愛する幸せも。

「笙子の、ぜんぶ見たい」

弘明はそう言って、仰向《あおむ》けになっている笙子の両脚を広げ身体を置く。

「いや、恥ずかしい」

そう口にしたのは、本音だった。夫に、まじまじとそこを見られたり、ましてやそれ以上のことをされたことはない。

「俺は、女の一番恥ずかしいところが好きなんだよ」

有無を言わせず脚を開かされ、弘明が顔を埋めてきた。

「ぁあっ！」

と、声が漏れたのは、弘明の舌の先端がその部分にふれたからだ。そして下から上へ舐《な》めあげ、軟体動物のような生暖かい柔らかいものが蠢《うごめ》いている。

初めての感触で混乱したが、笙子は声をあげ続けた。

「感じてくれてるな、嬉しい」

弘明はそう言うと、唇で笙子の小さな粒をはさむ。

「――」

声にならない叫びが発せられ、笙子は腰を浮かした。

何これ――。

頭の中が真っ白になり、思考が奪われる。

そこが感じるのは、知っていた。

夫に抱かれなくなり、夫がひとりで居間でアダルトビデオをを見ているのを知って、笙子は夫がいないときに、そのアダルトビデオを再生し、女優が自分でやっているのを見て、気持ちいいのかと真似《まね》したことがあったからだ。

けれど、そうして自分の指でさわりもたらされる少しばかりの快感とは、全く違う。

気が付けば、息が荒くなっていた。目を開けると自分の顔を見下ろす弘明がいた。

「可愛いよ、いい女だ」

笙子は思わず、弘明の背に手を伸ばし、抱きしめるような形になる。

「泣いてるのか」

弘明にそう言われて、はじめて気がづいた。

頬《ほお》が濡《ぬ》れていて、冷たい。

「可哀《かわい》そうにな、どれだけ寂しかったんだろう」

弘明はそう言って、笙子の頭を撫《な》でてくれる。その温かさが心地《ここち》よくて、また涙が流れてきた。

「うちに来たときは、明るいお嬢さんだったのに、次第に寂しそうな表情が増えたから、心配してたんだ。申し訳ないことをしたとも思ったけど、どうしてあげることもできなくて」

「いいんです、社長がそんなふうに気にかけてくださっただけでも、嬉しい」

「今は、ただの男と女だから。俺に甘えてくれたらいい。社長なんて呼ばなくていいよ」

「──弘明さん」

「笙子、愛してるよ」

笙子は弘明の言葉に、すがりつくように背に回した手に力を入れる。

「欲しい」

そう口にしたのは、笙子のほうだった。

「俺も」

弘明のペニスが笙子の両脚のつけ根にあたる。

「痛かったら、我慢せずに伝えて」

そうやって自分の身体を気遣ってくれたのが、嬉しかった。

堅いものがずぶりと身体を突き刺す感覚があり、弘明の身体が笙子に覆いかぶさってくる。

唇を合わせながら、ゆっくりと弘明が腰を動かした。

男とセックスするのは久しぶりで、最初に少しだけ異物感はあったけれど、痛みもないし、摩擦の感覚がじわじわと全身に広がってくる。

気持ちがいい――。

そう思えたのは、相手が弘明だからだ。

今、この瞬間だけでも、「愛されている」と信じられる。

「つながってるよ」

そう言われて、笙子は弘明の背に手を回し抱き寄せる形になる。何度も唇を合わせながら、笙子は全身の力が抜けてただ弘明が与えてくれる快楽に身を任せた。

海で溺《おぼ》れているような感覚だったが、苦しくはない。ただ流されゆらゆらと男がもたらす快感に浸っていた。

思えば、夫とのセックスは「感じなければならない」と考えていた気がする。嫌ではないけれど、気持ちがいいとは思ったことはなかったかもしれない。

清人は、「俺、あまり経験がなくて、上手《うま》くないからごめん」と、よく口にした。

だから笙子は、いつもプレッシャーがあった。清人を傷つけてはならない、と。そんなセックスがいいわけがないのだ。

「ただ、何も考えなくていいから、気持ちよくなって。俺に甘えて」

弘明の声に、また涙がこみ上げ、背中に回した手に力を入れる。

心の底から欲しいのは、この人だけ――。


ふたりは結局、深夜まで肌を合わせ続けた。

笙子は夢中で弘明にすがりついて、弘明もそれに応えてくれた。

家に戻ると、夫はすでに寝ていて、その隣にすべりこんで身体を横たえたが、自分でも驚くほど罪悪感はなかった。

そしてもう、夫に抱かれない寂しさは消え失《う》せていた。

弘明との関係は、一度だけのつもりだったのに、そうはいかなかった。笙子は、どうしても弘明と肌を合わせたかった。そうしないと、生きていけないぐらいにあの頃は思いつめていた。夫と別れて弘明と――そんなことが無理なのはわかっているし、女に慣れた弘明にとっては、何人かいる女のひとりに過ぎないのも承知だ。

自分たちの行為が、人の道を外れているのは、わかっている。

それでもあのときは、弘明を求めるしか、救われる道はなかったのだ。

恋愛感情だしは、未だに思っていないが、夫に抱かれない寂しさで壊れそうだった自分の救いが、弘明との逢瀬《おうせ》だった。

夫にバレたら、すべてが終わりだとはわかっていても、やめられなかった。

三ヶ月後、生理が遅れて、産婦人科に行き、妊娠を告げられたときには血の気が引いた。

夫とは半年間身体を合わせておらず、どう考えても弘明の子だった。

それでも堕胎する気にはなれなかった。もしかしたら、これが最初で最後のチャンスかもしれないのだ。自分の子どもが、欲しかった。

夫の子どもとして産むしかない——笙子は一生、夫を欺く決意をした。

清人に、「子どもが欲しいの」とせがみ、排卵日だからと久々にセックスをした。夫も億劫《おっくう》そうであったし、笙子とて寝たいのは夫ではない。ただセックスしたという証拠が必要だったのだ。

産み月はずれてしまうけれど、夫は女の身体や排卵に詳しいわけがないし、早産だとごまかすしかない——。

あの頃は、なんとかなると根拠のない自信があった。

そして弘明と会うのを止《や》めた。

弘明は、「もう終わりにしましょう」と笙子が告げても、「そうか。そのほうがいい」と言うだけだった。その声に未練など全く感じられず、改めて、この人が自分を抱いたのは、恋愛感情などではないのだと思い知った。ただ、寂しがっている女がいたから、手を差し伸べただけなのだ。

舅の子を、夫の子として産む――自分はなんとひどいことをしているのだろうと考えて、罪の重さに苦しくなるときはあったけれど、それ以上に、子どもを産める悦びが勝った。舅の子ならば、たとえ夫より舅に似ていても、怪しまれることはないだろう。

そしてこのことは、一生、自分だけが抱えて生きるつもりだった。

清人に「子どもができた」と告げると、「よかった！」と思いのほか喜ばれて、胸が痛んだ。弘明には、夫の口から伝わっているはずだが、直接何も言われはしなかった。

大事をとって早めに産休をとらせてもらい、笙子は三重県の実家に戻り、地元の病院で子どもを産んだ。京都の病院だと、清人に頻繁に来られて、産み月の嘘《うそ》などがバレてしまうのが怖かった。

生まれたのは男の子で、「誠《まこと》」と名付けたのは、夫だ。

一ヶ月ほど実家にいたが、赤ん坊を連れ京都に戻ってきた。

弘明は、「初孫が生まれて喜ぶ祖父」として、お祝いに家に来てくれた。もしかして、自分の子だと勘づいていたかもしれないが、おくびにも態度に出さない。清人は、子どもが可愛いらしく、おむつ替えもしてくれたのは意外だった。


騙《だま》しとおせるはずだったのに。

どこで気づかれたのだろう。

誠が幼稚園に入る頃には、いつのまにか夫は、笙子に対しても息子に対しても、よそよそしくなっていて、家に帰らないことが増えた。

朝まで飲んでひとりでビジネスホテルに泊まったなどと言われていたけれど、うしろめたさのある笙子は夫を追及できなかった。

誠を産んでからは、一切セックスはなくなっていた。

家族でどこかに旅行することも、遊びに行くこともほとんどない。

弘明が会長になり、社長の座を清人に譲るのが決まり、接待も増え忙しく、会社に泊まり込むことも増えたと聞いていた。

夫に女の影も感じていたけれど、見て見ぬふりをしていたのだ。

誠が小学校を卒業する頃には、夫は社長に就任し、会社の近くにマンションを借りてそこに寝泊まりするようになり、完全に別居となった。社長職を引退した弘明とは顔を合わせる機会も少なくなったが、癌《がん》を患い、ずいぶんと老け込み弱っているのは知っていた。

だから弘明が三度目の癌の手術後に容体が急変して亡くなったときも、そう悲しくはなかった。むしろ、秘密を知るただひとりの男がこの世からいなくなり、ホッとしていたかもしれない。

舅の死を機に、おとなしい社長だったはずの清人は事業の手を広げ、レストラン経営にも乗り出した。その頃には、もう笙子や世間の目を気にすることなく、女と住み始めたのも耳に入ったが、驚いたのは子どもがふたりもいたことだ。

自分の知らないところで、夫がひとりの女と愛し合い子どもをもうけていたという事実は、ショックだった。愛のない夫婦生活であったのは自覚していてもだ。

そして笙子が五十歳、息子が二十歳になったのを機に、弁護士を通じて離婚届を突き付けられた。

離婚の条件は、笙子には手切れ金として五百万円を払い、息子の大学卒業までは学費は振り込むという一方的なものだった。

弁護士とのやり取りで、もし笙子が異議を申し立てるのなら、こちらだとて訴えたいことはあると匂わされたのは、笙子の不貞と誠が実子ではない件なのは、間違いない。

自分はともかく、夫が息子に冷たいのが、悲しかった。

罰せられるべきは自分で、息子に罪はないのに。

けれど息子の誠は自分に対しても、夫に対しても恨み言など口にしたことはない。

少なくとも、表面上は、真面目《まじめ》で、そこそこ勉強もできる、「いい子」だった。

父が他の女との子どもを自分のマンションに住まわせているのを息子だって知っていたから、内心はいろいろ思うこともあっただろうけれど、それについて話したことはなかった。

息子がいい子であればあるほど、笙子は自分の罪をつきつけられる。

自分がなぜ父親にこんなに距離を置かれるのか息子が悩まないはずがない。それでも誠は、弱音など吐かずに、四年で大学を卒業し就職してくれた。

本来は和菓子屋の跡取りのはずなのに、夫からは自分の会社で働けとも、何も言われず、会うこともなかった。

誠は大阪の会社に入社し、笙子の家を出てひとり暮らしをはじめた。

笙子が最後に男にふれられたのは、離婚後、五十五歳のときだ。

誠が生まれてからは、笙子は誰とも寝ていない。

本当は寂しくてたまらない夜もあったし、自分で慰めもしていたけれど、昔、弘明に縋《すが》ったように誰かに助けを求めるのが怖かった。

もう自分はこのまま男とセックスせずに死ぬのか、あまりにも哀《かな》しい人生じゃないかと考えることもあったが、五十の半ばも過ぎると若くも特別美しくもない自分を抱いてくれる男などいるはずがないと、諦めていたつもりだった。

そんななか、別れた夫の今の妻が、三人目の子どもを妊娠したという知らせを聞いて、いてもたってもいられなかった。

離婚してから、笙子は家の近くにある大学の食堂で働いていた。そこの同僚で、自分より三つ上で夫もいる女が、性的なマッサージについて話していたのを耳にしていた。その女が、「やっぱりいつまでも女は潤っていたいから、エステみたいなもんよ」と自慢げに、若い男に身体をまさぐられた話を語っていた。最初は信じられないと眉をひそめたが、確かに自分のような若くない女が、今から誰かと知り合い恋愛するのは、ハードルが高すぎる。

男を金で買うという選択肢があるのだと、初めて気づいた。

これはマッサージなんだと笙子は自分に言いきかせながら、ネットで探して「女性を悦ばすマッサージ店」のHPをクリックした。

ホテルで待ち合わせをして、部屋に入ってきた男の顔を見て驚いたのは、どことなく亡くなった舅の弘明の面影があったからだ。

HPの写真とは印象が違う、と思ったが無意識に弘明に似た男を選んでしまったのだろうか。

男は笑顔を張り付けていて、甘い声を発する。

「年齢のことを気になさってるようですけど、うちのお店は、六十代、七十代の方の利用もありますよ」

躊躇《ためら》いはあったし、緊張のあまりまともに喋《しゃべ》れなかったけれど、笙子が身を委ねることを決めたのは、男が弘明に似ていたから、できたことなのかもしれない。

シャワーには別々に入り、バスタオルを身体に巻き付けた笙子は、ベッドにうつ伏せになる。男はアロマオイルを笙子の身体に塗りつける。

さきほど家を出る前に、勇気を出して少し酒を呷《あお》っていた。けれど今、思考が解《ほど》けていく感触があるのは、アロマのせいだ。

男にふれられるのは、思ったよりも抵抗がなかった。

それ以上に、心地よかった。

「きれいな肌ですね」

男は、そう言った。

「メールに、男性にはもう二十年以上ふれられていないと書かれていましたけれど、もったいない」

勢いで、店へのメールにそんなことを書いてしまったことを、笙子は恥じた。言い訳が、欲しかったのだ。五十半ばの女が、男を欲しがる理由が必要だった。

男からの性的なサービスを買うなんて、自分は臆病なのか、大胆なのか、よくわからない。二十年以上前に、弘明を求めたことも、今、こうして若い男にお金を出してふれられることも、普段の自分を知る人ならば、信じられないと思うだろう。

でも、臆病だからこそ、自分から強く求めないと壊れてしまう。

男の手が、すべるように乳房にふれ、背中を這いずり回り、腰に載せたタオルの隙間に入り、尻の割れ目をなぞる。

声が出そうになったのを必死に抑えたのは、指先が排泄《はいせつ》の穴に当たったような気がしたからだ。快感よりも、羞恥《しゅうち》で叫びそうになった。

無意識でシーツをつかんでいて、皺《しわ》ができている。男だとて、気づいているだろう。

男の指がタオルをはぎ取り、指先が両脚をぐっと開く。

「ここをね、よくほぐさないと」

オイルをまとった男の指が、笙子の脚のつけねを縦に動き始めた。

笙子は、ぎゅううと尻に力を入れ、シーツをつかんだまま、声を殺す。

弘明の指を、思い出してしまった。楽器を演奏するように、笙子の襞《ひだ》を弾《はじ》いた男の指を。

「気持ちよくなったら、声を出していいんですよ。ラブホテルだから」

男の声が引き金になり、笙子は「ああ」と声を漏らす。

閉経しているのに、快楽の芯は燃え尽きていない――。

男は笙子の脚のほうに上半身をまわし、笙子の身体を仰向けにした。

乳房も、毛の処理をしていないところも、あからさまになってしまう。

若い頃よりは、少し肉はついたけれど、そう身体の線は崩れていないはずだ。乳房も、張りは失ってしまったけれど、そのぶん柔らかい。

けれど陰毛に白髪が混じっているのが、恥ずかしい。事前に処理をするのも考えたけれど、そのほうが期待しているように思われて抵抗があった。

男は指で裂け目を囲う花びらをなぞり、ときどき先端にある、かつて弘明だけが口に含んだ快感の芯にふれる。

「あ——」

笙子は腰を浮かし、もう声を抑えることができなくなっていた。

「いい声だ。興奮する」

男はそう言ったけれど、笙子がタオルで覆った男の腰に目をやると、そこには膨らみなどない。

あくまで、これは男にとって、マッサージの仕事なのだ——改めてそうは思ったけれど、だからといって冷めるわけでもなかった。

欲しいのは、快楽だけ——かつて弘明に抱かれたときに感じたような「愛されている」という感覚など、いらない、こわい。

セックスをして、意識が飛ぶほどの快感とぬくもりを手にいれた代わりに、自分は罪を背負った。どうして避妊しなかったのかと後悔もしたけれど、あの頃は、自分は子どもはできないと思っていたし、弘明にもそう伝えていた。すべて自分の責任、自分の罪だ。

男に身体をまさぐられ、声をあげながら、ふと、自分にふれるこの若い男は、息子とおなじぐらいの年だろうと考える。

息子が、母ほどの年の女を指や手で喜ばせ、金を稼いでいたら、どう思うだろうかなんて、一瞬過《よぎ》りもした。

そして、五十を過ぎた母が、金で男からの性的サービスを買っていると知ったら――。


母が女であることは、罪なのだろうか。

それは息子を妊娠してから、ずっと考えていたことだ。

母になると、女であることを諦めなければいけないのか。

でも、それでは生きている気がしない女だっている。

男なら、父であることと、男であることを誰も天秤《てんびん》になど、かけない。

どうして、女だけ、女のままでいようとすると、罪を背負わねばならないのか。

男はふと、笙子の身体から手を放す。

「このあと、どうします？　本番は、プラス一です」

一万円払えば、挿入してやるという意味なのは、すぐにわかった。

「やめておきます」

考えることもなく、そう口にした。

「了解です」

男は表情を変えず、ふたたびオイルをたらし、笙子の身体にふれるが、さきほどの高まりは、消えてしまっていた。

施術が終わり、シャワーを浴びると、男は満面の笑みを浮かべて、「じゃあ、また！　指名してくれたら嬉しいです！」と、名刺を渡してきた。

ホテルを出て、電車に乗りひとりで家に帰りながら、自分の身体には悦びよりも、虚《むな》しさしか残っていないことに気がついた。

本当は、誰かに、身も心も愛されたかったのだ。

けれど自分は、もうこのままひとりで死んでいくのだろう。

家に帰ってすぐ洗い流そうと風呂を沸かしているときに、電話が鳴った。

出ると、知らない男の声で、「松宮誠さんのお母さんですか？」と、言われた。

笙子は、「はい」と、答える。

「落ち着いてください。息子さんが――」

＊

ソファーに座る誠は、背もたれに身を委ねることもせず、ぴんと背筋を伸ばしている。

「母さん、僕ね」

あれは家を離れたはずの息子が、夜にいきなり訪ねてきたときだ。

最後に男にふれられた夜に、知らない男から電話がかかってきて、一年が過ぎた頃だった。

思いもよらない息子の来訪に、私は戸惑うと同時に嬉しかったけれど、息子の言葉に、何のためにここに来たのかがわかると、すっと指先が冷たくなった。

「なぁに」

「ずっと知ってたんだよ」

誠の言葉に、私は返事に詰まった。

「僕は、父さんの子じゃない」

私は息子の目を見られず、俯《うつむ》く。

「ごめんなさい」

「――母さんだって、苦しかったんだろう。父さんも」

「あの人は、いつ気づいたんやろうね」

「僕が子どもの頃から、知ってたと思うよ。だって、僕、覚えてる。小学校の宿題で、将来の夢を作文に書いて……お父さんに見せたんだよ。僕はお父さんの跡を継いで、和菓子屋さんの社長になりますって。そしたら、お父さんは苦いものを口にしたような顔をして、『お前は、弟なんだよ』って……」

私は無意識に息を止めていた。

「お父さんも、言ったあと、後悔したんだと思う。僕を膝の上に乗せて、『頑張れよ』って頭を撫《な》でたけれど、すごくそれが不自然な感じがした。そのときは、弟って言葉の意味が僕もわからなかった。本当の父親が誰かわかったのは、ごくごく最近だ」

私は俯いて、「ごめんなさい」と謝るしかできなかった。

「――また来るよ」

息子はそう言い残し、居間から姿を消した。

そして、その日から、毎晩のように、夜になると、私のもとに訪れるようになり、たわいもない話をする。

もう何年も、そんな夜が続いている。

死んだはずの息子が、訪れる夜が。

*

誠は、五年前、交通事故で亡くなった。

大阪市内で車に撥《は》ねられ、即死だった。

息子は会社帰りにひとりで酒を飲み、ふらふらと歩き、信号無視もしていたのだ。

あとで知ったが、就職してひとり暮らしをはじめてから、ずいぶんと酒を飲むようになっていたらしい。

笙子が喪主になり葬式を出して、別れた夫も顔を出してはくれたが、お互い目を合わすこともなかった。

夫が悲しんでいたのかも、わからない。周りを見ている余裕がなかった。

混乱していて、あの数日間は、記憶がない。

やっと落ち着いた頃に、夜、花園駅近くの笙子の家に、誠が訪れるようになった。

たとえ生きている人間ではなくても、息子に会えることが、笙子の生活の中で、唯一の喜びになった。

金を払ったとはいえ、ひさしぶりに男にふれられた日に、息子が亡くなったことで、笙子はもう二度と男を求めることはしないと誓ったし、そんな欲望も消え失せてしまった。

だから今は、心穏やかに、息子とふたりの時間を持つことで、生きていられる。

六十歳の誕生日も、こうして誠は来てくれた。

「母さん、帰るよ。もう遅いし」

「まだ、いいのに」

「誕生日おめでとうって伝えられたから、よかった」

ふと、もう息子に会えないのではないかと思い、寂しさがこみ上げて、すがりついて引き留めたい衝動にかられたが、手をのばしても、ふれられないのは、知っている。

そこにいるのは、生きている息子では、ないのだから。

「また来てくれる？」

笙子がそう口にすると、息子は笑顔を見せた。

「母さんをひしりにしておけないからね。心配しないで、明日も、来るよ」

そう言って、息子は立ち上がり、笙子に背を向けて玄関に向かう。

「母さんには、僕のこと忘れないで欲しいから」

誠はそう告げて、玄関の扉を通り抜けるように、姿を消した。

笙子はサンダルを履いて、息子の跡を追うように、外に出る。

桜の季節が終わり昼間は暖かくなったけれど、京都の夜はいつまでも寒い。

しばらく歩き、生け垣に囲まれた寺の門の前で、足を止める。

法金剛院《ほうこんごういん》――夜だから扉は閉まっているが、蓮《はす》の美しい寺で、何度か訪れた。

ここに眠る人が、どういう女なのか知る前は、無邪気に花を愛《め》でていた。

待賢門院璋子《たいけんもんいんしょうし》――平安末期に生きた女性で、鳥羽《とば》天皇との間に、崇徳《すとく》天皇を産んだとされているが、実のところ崇徳は、彼女と鳥羽天皇の祖父である白河《しらかわ》法皇の子だと言われている。待賢門院は白河の養女で、関係があったのだと。鳥羽天皇もそれを承知していて、崇徳天皇を「叔父《おじ》子」と呼んでいたとも伝えられている。自分の子とされているが、実は祖父の子、叔父である、と。

鳥羽天皇は崇徳天皇を疎み忌み嫌い、自分の死に際にかけつけようとした崇徳と会うのも拒んだ。その確執が、のちに保元《ほうげん》の乱の原因ともされ、敗れた崇徳天皇は讃岐《さぬき》に流され朝廷を恨み、憤死する。その後、崇徳は怨霊となり、呪い続けた。法金剛院は崇徳の母である待賢門院が再興し、寺院の北に墓もある。

待賢門院の話を知ったのは、何がきっかけであったか覚えていないけれど、血の気が引いて、罪悪感が押し寄せてしゃがみこみそうになった。

まるで、自分と誠の話ではないか。

祖父ではなく父だということぐらいしか差異がなく、不義の子をもうけ、母の罪ゆえにその子が父親に疎まれ運命を狂わす——。

自分がこの法金剛院のある花園に離婚後暮らすようになったのは、偶然なのだろうかとも考えた。自分は誰かに導かれたのだとしか思えなかった。

罪を、忘れさせないために。

そうして、死んだ息子が、こうして笙子のもとに訪れるようになったのは、母である笙子に自分の罪を思い出させるためだというのも、わかっている。

最初は、自分の罪悪感が見せた幻かとも疑っていたのだが、たとえそうだとしても、息子と会えるのは、嬉しかった。

息子が亡くなったあと、もう生きていてもしょうがないと、命を絶つことも考えていた。生きていても、つらいだけだから、と。

けれど息子が会いに来てくれるようになり、踏みとどまったのだ。
生きて、罪を忘れるなと、息子は言いたいがために、現れる。
穏やかな顔をしてはいるが、実のところは、恨みを抱いた怨霊なのかもしれない。
でも、それでもいい。
たとえどれだけ憎まれ、恨まれていようとも、罪の意識に苛《さいな》まれようとも。
会えるうちは、生きられる。
死ぬまで逃れられない罪を背負ったままでも、生きていくしかない。
「誠、また来てね」
答えるはずのない闇に、笙子は語りかけた。

解説

東《ひがし》　雅夫《まさお》
（アンソロジスト・文芸評論家）

いわゆる〈ラブホテル〉と呼ばれる空間を利用するたびに、我が胸中に切に去来する一事がある。

これは大いに個人差もあることゆえ、誰でもそう……とは言えないが、通常のホテルや旅館では、部屋に通されたら、まずは窓辺に近寄って、カーテンを開き、ひとしきり戸外の景色を眺めやるものではないか（少なくとも私は、いつもそうしている、まあ防犯上の意味合いもあるし……）。

しかしながら〈ラブホ〉の場合、そもそも窓が窓として機能していないというか、さりげなく壁などに偽装されて、目立たなく配置されているケースが多い（無理して開けても、見えるのは隣接するビルの壁、ということが、ほとんど……）。

つまり、完全に密閉された空間なのである。

これは……否応《いやおう》なく、籠もる。愛憎も、怨恨《えんこん》も、ときに、殺意すらも。

かつて、その部屋を利用した人々のさまざまな思念が、いまだ完全には鎮められ、解消されぬまま、ベッドやバスルームを中心とする部屋の隅々に、濃厚に残留しているような心地にとらわれる部屋も……ときおりだが、ある。

思うにこれは、いわゆる怨霊譚《おんりょうたん》の類の構造と、限りなく近似しているのではなかろうか。

特に京都を中心にした関西圏においては、恨みを呑《の》んで死んだ貴人の霊は、死後も怨霊となって、恐るべき祟《たた》りをなす……と、王都創建このかた信じられており、生前に味わわされた無念を鎮めるために、かれらを〈御霊《ごりょう》〉すなわち〈神〉として、崇敬の対象とする神社が、そちこちに鎮座しているのだった。

花房観音による文庫オリジナル短篇集である本書『ごりょうの森』は、そうした御霊にゆかりの深い土地土地と、現代を生きる男女の性愛とをテーマとする、まことにユニークな着想の連作短篇集である。

そして本書に収録された全七篇のうち、巻頭の「首塚」(東京の中心・大手町にある平将門公《たいらのまさかど》の塚が舞台)と、兵庫の姫路城周辺を舞台とする「おさかべ姫」を除いた実に五作品が、いずれも京都の陰翳《いんえい》ある土地柄を舞台とする物語なのだった。

すなわち、菅原道真《すがわらのみちざね》の北野《きたの》天満宮(雷神)、井上内親王《いのえないしんのう》の上《かみ》御霊《ごりょう》神社(ごりょうの森）、早良親王の乙訓寺（ぼたん寺）、檀林皇后の檀林寺（われ死なば）、待賢門《たいけんもん》院璋子《いんしょうし》／崇徳《すとく》上皇の法金剛院《ほうこんごういん》（母の罪）……という具合。

憤死の後に雷神と化し、みずからを九州へ左遷させた内裏の政敵たちを、落雷によって惨死せしめた菅原道真公の鬼気迫るエピソードは、史上に名高い。〈御霊〉の怨念の凄《すさ》まじさを顕《あら》わす逸話として、決まって例示される話だ。

その道真公とならぶ天下の大御霊として著名なのが崇徳上皇だが、その母にあたる待賢門院璋子や井上内親王といった女性版の御霊たちについては、かなりマニアックというか、えっ、あのお方も実は御霊だったのか!?　と驚かされる向きも少なくあるまい。

作家デビュー以前に、辣腕バスガイドとして、京都方面の観光に携わった異色の経歴の持ち主である作者・花房観音ならでは、と申せようか。

花房さんというと、どうしても『花祀《はなまつ》り』で第一回団鬼六賞（無双舎主催／二〇一〇）大賞を受賞して作家デビューしたときの印象が強烈で、女性による女性のための官能小説の書き手というイメージが強いが、いわゆる怪奇幻想文学方面にも端倪《げい》すべからざる知識と嗜好《しこう》を有していて、連作小説『恋地獄』（二〇一三）や、『恐怖女子会』（同上）などに始まる怪談実話競作集を発表していることは、御存じの向きも多いだろう。

本書においても、たとえば「雷神」における濃厚なレズビアン・プレイの果て、雷雨の窓辺にたたずむ死美人の姿など、そうした怪談実話系で鍛えた練達の怪異語りの手腕が存分に発揮されていて、思わずゾクリとさせられる。

実は私は、怪談専門誌の京都特集や、『別冊宝島　京都魔界地図帖』（二〇一五）の座談会「京の怪を語る」などで、花房さんと御一緒し、その妖しき蘊蓄《うんちく》の一端に触れたのだが、後者から、本書の読者にも興味深いと思われる一節を、次に引用しておきたい。

花房　京都には闇が多いと思います。私、ネタに困ったときとか、書くのに行き詰まったときには、ひたすら歩くんです、下鴨《しもがも》神社とか京都御苑《ぎょえん》を。暗い所のほうが集中できるんですよ。よく危ないと言われますが（笑）。下鴨神社のバスの通り道が、本当の闇になるんです、夜は。そこを、最後の一文が出てこなかったり、プロットに行き詰まるとウロウロして（笑）。（「京の怪を語る」より）

本書もまた、そんな濃い闇の中から生まれ出た物語集だと申せよう。

＊

「わたし……目隠しされるのに、弱いんです……」

いきなり何を言い出すのか……と、不審に思われる向きもあるだろう。

いや、かく申す私自身、ベッドの中で、その決め台詞《ぜりふ》（？）を聞かされたときには、思わず、我が耳を疑った。

場所は京都の、とある旅宿。探訪の主要な目的地は、大枝山界隈《おおえやまかいわい》だった。

大江山は、史上名高い鬼王《きおう》・酒呑童子《しゅてんどうじ》の根拠地だが、山城と丹波の国境《くにざかい》に位置する大枝山は、その酒呑童子の〈首塚〉で名高い。源頼光《みなもとのよりみつ》一行が、童子一味を討ち果たし、京都に凱旋《がいせん》すべく、その首級を掲げて大枝山の〈老ノ坂《おいのさか》〉に差し掛かったところ……何故か首が、根でも生やしたかのように、地面からピクリとも動かなくなった。土地の地蔵尊のお告げに曰く《いわ》――「不浄のモノ（＝童子の首）を、これより先に入れることは、まかりならん」と……。そこで童子の首級をその地に埋め、〈首塚大明神〉としてお祀りしたのだった。

もう、ずいぶんと昔の話なので、細かい記憶は定かでないが、たしか初めて、大枝山界隈を訪れたときのことだったと思う。道中、首塚大明神を探しあぐねて、妙な地帯に迷いこんでしまった。なかば廃屋と化したモーテル（とおぼしき建物）が、道路沿いに蜿々《えんえん》と連なっている不思議な一隅があった。丈《たけ》なす雑草を掻《か》き分けて、こわごわ屋内を覗《のぞ》きこむと……色鮮やかな装飾の名残が認められる寝室や、なぜか作りかけの料理が散乱する厨房《ちゅうぼう》らしき部屋……ナントカの夢の跡……とおぼしき佇《たたず》まいに、言葉を喪《うしな》った。

そのとき目にした世にも奇妙な光景は、首塚探訪の前フリとして紀行文にも記したのだが、取材のスポンサーである某歴史エンタメ雑誌の編集長から「あ、これは鬼紀行とは関係ないですよねー」とアッサリ没にされたので、よく憶《おぼ》えているのだ。

そのあと、やっとのことで探し当てた首塚大明神も、なかなかに鬼気迫る心霊スポット顔負けのシチュエーションだったが、しかしながら、そもそもの発端は、首塚に到達する前の、鬼ならぬ怨霊（？）紀行と、そこから持ち帰ってしまったモノに、あったような気がしないでもない。首塚取材を終えて、京都の宿に戻り、同行者と同衾《どうきん》して後の、不意打ちめいた〈目隠し〉の一件だったのだから……。なるほど確かに、黒いストッキングを用いて急ごしらえの〈目隠し〉を用意し、ついでに両手首を交差させてキュッと縛り上げてみると、一糸まとわぬ裸体のあわいから、滾々《こんこん》と汲《く》めど尽きせぬ泉が溢《あふ》れだして……。

そう、たとえば本書における、こんな一節のように。


歩人の指が姫乃のぽっこりした下腹部の下の繁《しげ》みに辿《たど》りつく。わさわさとかき混ぜるように動かす。記憶の中よりも、毛深くなっているような気がしていたが、何しろ三十年前の話だから、曖昧だ。

指が両脚のつけ根に辿りついた。

「ぁあっ」と、姫乃が小さく声を出す。

そのまま歩人がぴたりと閉じられた太ももをかき分けるように指をすすめると、汗なのか、違うものなのか、生暖かい水が指を湿らせた。

中指を折り曲げて先端で粘膜の狭間《はざま》を確かめると、粘液がまとわりつく。

「濡《ぬ》れてる」

思わずそう口にすると、姫乃は「や……」と身をよじらせようとする。

歩人は身体をずらし、姫乃の両脚を開かせ、顔を近づける。

「あかん……恥ずかしい」

姫乃はそう口にするが、脚を閉じようとはしない。（「われ死なば」より）

怪談（＝怖くて不思議な話）と猥談《わいだん》（＝エッチな話）とは、洋の東西を問わず、人類が太古から関心を抱き続けてやまない二大主要テーマだ、という説がある。それを体現するかのような花房観音の活躍に、今後も大いに期待したいと思う。

二〇二二年一月

〈初出〉

首塚　「特選小説」二〇二一年十月号
雷神　「ｗｅｂジェイ・ノベル」二〇二一年五月二十五日配信
ごりょうの森　「特選小説」二〇二一年五月号
ぼたん寺　「特選小説」二〇二〇年十一月号〜二〇二一年一月号
われ死なば　書き下ろし
おさかべ姫　書き下ろし
母の罪　「ｗｅｂジェイ・ノベル」二〇二一年四月二十日配信

本作品はフィクションです。実在する団体、個人とは一切関係ありません。（編集部）

実業之日本社文庫　最新刊

蒼山 螢
後宮の宝石案内人

輝峰国《きほうこく》の皇子・皓月《こうげつ》が父の後宮で出会ったのは、下働きの風変わりな少女・晶華《しょうか》。彼女の宝石への知識と愛は常軌を逸していて……。痛快中華風ファンタジー!

あ26 1

梓 林太郎
津軽龍飛崎殺人紀行　私立探偵・小仏太郎

長崎の旅から帰った数日後、男ははるか北の青森・津軽龍飛崎の草むらで死体となって発見された。殺された男の足跡をたどると、消えた女の謎が浮かび――。

あ3 16

五十嵐貴久
マーダーハウス

希望の大学に受かり、豪華なシェアハウスで暮らすことになった理佐の平穏な日々は、同居人の不可解な死で壊れていく。予想外の結末、サイコミステリー。

い3 6

津本 陽
深淵の色は　佐川幸義伝

大東流合気武術の達人、佐川幸義。門人となった著者が天才武術家の生涯をたどり、師の素顔を通して神業に迫った渾身の遺作。(解説・末國善己、菊池 仁)

つ2 6

西村京太郎
十津川警部捜査行　東海特急殺しのダイヤ

犯行時刻、容疑者は飯田線に乗っていた!? 十津川警部が崩す鉄壁のアリバイ! 名古屋、静岡、伊勢路など東海地方が舞台のミステリー集。(解説・山前 譲)

に1 26

花房観音
ごりょうの森

平将門、菅原道真など、古くから語り継がれてきた日本の「怨霊」をモチーフに、現代に生きる男女の情愛の行方を艶やかに描く官能短編集。(解説・東 雅夫)

は2 7

南 英男
邪欲　裁き屋稼業

社会派ライターの真木がリストラ請負人の取材中に殺害された。裁き屋の二人が調査を始めると、事件の背景には巨額詐欺事件に暗躍するテロリストの影が…。

み7 23

睦月影郎
母娘と性春

独身の弘志は、上司に誘われて妖艶な母娘が住んでいる屋敷を訪れる。そこには、ある役割のため家の女と交わる風習があった。男のロマン満載、青春官能!

む2 16

実業之日本社文庫 は27

ごりょうの森《もり》

2022年4月15日　初版第1刷発行

著　者　花房観音《はなぶさかんのん》

発行者　岩野裕一
発行所　株式会社実業之日本社
〒107-0062　東京都港区南青山5-4-30
emergence aoyama complex 2F
電話［編集］03(6809)0473［販売］03(6809)0495
ホームページ　https://www.j-n.co.jp/
DTP　ラッシュ
印刷所　大日本印刷株式会社
製本所　大日本印刷株式会社

フォーマットデザイン　鈴木正道(Suzuki Design)

ISBN978-4-408-55725-0（第二文芸）